悪の華

赤川次郎

角川文庫
21147

悪の華　目次

1　ベビーカー

「ほらほら」

「こっち、こっち！」

「はい、ママの所までいらっしゃい。——ほら、頑張って！」

キャッキャッという笑い声を上げて、小さなコロコロした生命《いのち》が駆ける。危っかしく、ぎこちなく——でも、その走りとも言えない走りに、オリンピック選手すら及ばない「走ることの歓《よろこ》び」がある。

その歓声は、どこまでもはてしなく突き抜けた秋の青空へと舞い上って行く。

「——ほら来た！」

母親の両腕が、しっかりと小さなランナーを抱き止めると、もうランナーの方は走るのも立っているのもいやになって、母親の首につかまる。

「よく駆けたわねえ！　もう、転ばないで走れるもんね」

と、顔を真赤《まっか》にさせている我が子を抱き上げて、母親はベンチの方へと歩いて行く。

「谷沢《たにざわ》さん、ここ、座って」

と、横に置いていた荷物を足下へおろして、金井久美子《かないくみこ》が言った。

「ありがとう」

谷沢佳子《けいこ》が、ベンチに腰をおろして、息子を前向きに、膝《ひざ》の上に座らせる。もちろん、じっとおとなしく座ってなどいやしないのだが。

「いいの、その袋、下に置いても？」

と、谷沢佳子が気にしている。

「ああ、これは大丈夫。洗剤とかブラシとかだから。食べるものは入ってないの」

金井久美子は、よく太った、気のいい女性である。まだ二十四歳だが、子供はもう四つで、幼稚園に通っている。

あと十分したら、幼稚園にお迎えに行く時間なのだ。

「翔《しょう》ちゃんも、大きくなったわねえ」

と、金井久美子は、丸々とした谷沢翔の頰《ほ》っぺたに、ちょっと指を当てた。

「ヤッ！」

と、翔ちゃんが手を振り回す。

当人は、「いや！」と言っているつもりなのである。

「やっと、ここんとこ、夜中に起きないようになって」

と、谷沢佳子が言った。「おかげでぐっすり眠れるわ」

「それですっきりした顔してるのね」

「本当よ、もう……。この一年、思い切り寝たことなんかなかったんだもの」

と、ため息混りの言葉には実感がある。

「お宅なんか、ご主人遅いものね。それだけだって大変でしょ」

「待ってられないわ。お先に寝ちゃうわよ」

と、谷沢佳子は笑って言った。「亭主は、帰って来てから、一人侘《わび》しく、お茶漬《ちゃづけ》なんか作って食べてるみたい」

「うちなんか、毎日六時半には帰って来ちゃう」

と、金井久美子が少し大げさに、「たまには会社の人とお付合《つきあ》いでもないの？　って訊《き》くんだけどね。うちのみたいな、万年平社員には、誰からもお声がかからないみたいよ」

「でも、ご主人、それで満足してるわけでしょ？　だったらいいじゃない」

「まあね」

と、金井久美子は肩をすくめて見せて、「早く帰って来て、娘と遊ぶんだって……。人がどう思おうと構わないって人だから」

「すてきじゃないの。うちは、いつも寝てからパパが帰るから、その内、顔も忘れそう。

――ね、翔ちゃん。どうするの？　また下りるの？」

ママの膝の上にも飽きて、一人で下り立つと、砂場へ向《むか》って、トコトコ歩いて行く。

「だけどさ」

と、金井久美子が言った。「女の子よ。そりゃ小さい内はいいけど、小学校の三、四年になったら、もう父親と遊んだりしなくなるでしょ」

「その時は、また奥さんと遊ぶのね」

「そうなるといいけど」

と、金井久美子は笑った……。

——団地からスーパーマーケットへ行く途中にあるこの公園は、午前十時ごろから、午後の二時過ぎまで、ほとんど谷沢佳子のような母親と小さい子供に占領されてしまう。もちろん、他にこんな所へ来る人間もいないから、誰も文句は言わない。

「あーあ。だめよ、お砂いじったお手々を口へ入れちゃ！」

赤ん坊のいる母親の会話は、しばしば唐突に途切れることを覚悟しなくてはいけない。翔ちゃんを乗せて来たベビーカーがベンチのわきに置いてある。金井久美子は手を伸ばして、そのベビーカーを少しベンチに寄せた。

この時間は少し公園も空《す》いていて、他には少し離れたブランコの辺りで、知らない母子が遊んでいるだけだった。

翔ちゃんの方へ駆けて行った谷沢佳子を、金井久美子は眺めていたが……。

たまたま同じ小児科の先生にかかって、待合室で言葉を交わしてからの付合いだが、金井久美子にとって、谷沢佳子は、ある「憧《あこが》れ」の対象である。

美人だし、それも知的な美しさだ。たぶん、谷沢佳子は自分みたいに、ぼんやりとTVをつけっ放しにして、二時間も三時間も時間を潰《つぶ》してしまったりしないだろう。

たぶん、いい家の出で、凄《すご》く頭が良くて、きっとスタイルも――水着姿なんか見たこともないから分らないが――すばらしい。

子供を産んで、すっかり太ってしまった自分と違って、大して努力している風にも見えないのに、谷沢佳子はほっそりしている。

金井久美子は、谷沢佳子のことを、ねたましいとは、少しも思わなかった。ねたむには、あまりに差が大きすぎたのかもしれない。

それに、谷沢佳子は、自分の美しさや頭の良さを、ちっとも鼻にかけたりしないのだ。金井久美子がTVの芸能ニュースで見た、タレントのゴシップの話をすれば、ちゃんと面白がって聞いてくれるし、たまの夫婦喧嘩《げんか》の後には、慰めて、力づけてくれるし……。

本当にいい人なんだわ。――金井久美子は、谷沢佳子が好きだった。

ただ、どうしてあんな人が、団地にいるんだろう、と不思議に思うことはあった。大学で何か研究していたり、TV局や新聞社で、風を切って駆け回っている姿が、いかにも似合いそうなのに。

でも――もちろん、谷沢佳子がいなくなったら、寂しいだろう。自分みたいに若い母親は、少ないのだ。どうしても付合う相手が限られてしまう。

ふと、車の音に気付いて、金井久美子は顔を上げた。

黒い車が、公園の少し手前で停《とま》ったところだ。もちろん公園は車なんか入って来られない。

あんな所に、どうして停ってるんだろう?――車の中はさっぱり見えなかった。

窓には外の風景が映っているので、中で誰かの影が動くのが目に入っただけだった。

「――ね、もうお迎えの時間じゃないの?」

と、足をばたつかせる翔ちゃんを抱っこして、谷沢佳子が戻って来た。

「あ、そうね、そろそろ行こうかしら」

と、金井久美子は立ち上って、ウーンと伸びをした。

「荷物、うちに預かっときましょうか?」

「いいわ、そんなに重くないから」

実際、金井久美子は、結構力があるのだ。「谷沢さん、真直《まつす》ぐ帰るの?」

「ええ。そろそろお昼寝の時間。ゆうべは少し寝が足りなかったみたいだから、早く寝ると思うの」

ちゃんとママの言葉に合わせるように、翔ちゃんが欠伸《あくび》をした。

「じゃ、またね」

と、金井久美子が手を振って見せると、翔ちゃんも真似をして、両手をブルブル振り回している。

「――そうだ。夕方、ちょっとお邪魔してもいい?」

と、金井久美子は行きかけてから、思い出して振り向いた。

バタン。――車のドアが閉じる音がした。

谷沢佳子は、金井久美子に答えなかった。翔ちゃんをベビーカーに座らせ、かがみ込んで小さな靴を脱がせて、ベルトをしているところだったのだ。

谷沢佳子は、車のドアが閉《しま》る音を耳にして、振り返っていた。車から下りて来た男は、大股《おおまた》に公園へと入って来た。谷沢佳子との距離は、ほんの五、六メートルだった。

金井久美子は、信じられないものを目にして、呆然《ぼうぜん》と立ち尽くした。男が右手を上げた時、その手には拳銃《けんじゅう》が——少なくとも、金井久美子の知っている限りでは、拳銃としか思えないものが握られていた。

谷沢佳子が立ち上る。男が足を止めた。

谷沢佳子は逃げなかった。よけようともしなかった。ただ、左手で、思い切りベビーカーを押したのである。ガタガタと上下に振動しながらベビーカーは金井久美子の方へと進んで来た。

一発目が発射されたのは、その時だった。

鼓膜を打つ銃声は、TVの刑事ものなんかで聞くのとは全く違っていた。もっと短く、強烈だった。

谷沢佳子の体が電気に触れたみたいに、びくっと震えた。金井久美子には、谷沢佳子の後ろ姿しか見えなかったが、弾丸が当ったに違いないことは分《わか》った。

二発目の銃弾は谷沢佳子の体を貫いて、背中で血がはじけるのが見えた。谷沢佳子がその衝撃で仰向《あおむ》けに倒れた。

――こんなことが！　これが本当に起《おこ》ってることなんだろうか？

金井久美子は、息さえできずに、じっと動かなかった。

もう、谷沢佳子は死んでいただろう。胸の辺りはどんどん血に染りつつあった。

男が数歩進んで来ると、銃口を倒れている谷沢佳子へ向けて、もう一度引金《ひきがね》を引いた。

金井久美子は目をそむけた。

――もちろん、怖いには違いなかったが、金井久美子が、もしかしたら自分も殺されていたかもしれないということに気付いて震え上ったのは、ずっと後だった。

その男が車の中に消え、車が走り去って、公園に静けさが戻り、やがて翔ちゃんが声を上げて泣き始めた、そのずっと後のことだった……。

車がブレーキをかけた。

体が前へ引張《ひっぱ》られるような、その感覚で神崎《かんざき》は目を覚ました。

「――おやすみでしたか。すみません」

と、運転手が言った。「急に割り込んで来た車がいて」

「いや、もう起きとかないとな」

と、神崎は息をついた。「あとどのくらいだ？」

「三十分もすれば」

「分った」

神崎は、傍《かたわら》のアタッシェケースから資料を取り出して、眺めていようかと思ったが、まだ少し頭がボーッとしている。

小型のＴＶを点《つ》けることにした。ちょうど九時のニュースの時間だ。

「雨か」

窓に目をやって、初めて雨滴が窓を覆っているのに気付く。

「ついさっき降り出しました」

「そうか。昼間、あんなに晴れてたのにな」

もちろん、そんなことは珍しくもない。しかし、珍しいことにしておかないと、会話が成り立たないのである。

「――団地近くの公園で、白昼主婦が射殺されるという事件が起こりました」

「おい、物騒だな」

と、神崎は言った。「狂ってるよ、全く」

現場が映っていた。砂が血を吸って黒く固まっている。

「何ですかねえ、一体」

と、運転手が言った。

「恨みか、金か……」

「被害者は谷沢佳子さん、二十七歳です」

アナウンサーのその言葉で、神崎は心臓が止《とま》ったかと思えた。

「おい！　停めてくれ」

と、神崎は叫ぶように言っていた。

「は？」

「いいから、車をわきへ寄せて停めろ！」

運転手が、面食らいながら、車を道の端へ寄せた。

「――どうかしましたか？」

「一人にしてくれ」

と、神崎は言った。「車から出ててくれ」

三十七歳の男――成功した企業のトップに立つ男が、震《ふる》えていた。

運転手が出て行くと、ＴＶを消し、神崎は両手に顔を埋めた。雨が車を叩《たた》く音だけが聞こえている。

2　寂しい女

どうでもいいんだ、もう……。

――これはルミの口ぐせだった。ずいぶん友だちや仲間に笑われたものだ。学生のころから。たぶん……そう、中学校のころから、

「どうでもいいんだ、私」

と、すぐ口に出すようになっていた。

その度に友だちは笑って、

「またルミの『どうでもいい』が始まった」

と、からかった。

そして――あれから二十年近くたった今でも、ルミは、

「どうでもいいの」

と、言い続けて来ている。

でも、今日はそう思っているだけだった。口には出していない。そして、今日ほど本当に、どうでもいいと思ったことはなかった……。

もう少しきれいな川なら、ロマンチックなのにね。——どうでもいいけど。

ルミは、大分あちこちの欠け落ちたコンクリートの手すりに両腕をのせて、ぼんやりと川の流れを見下ろしていた。といっても、夜だから、川面《かわも》はただ真暗で、時折にぶい灯影《ほかげ》の反映が揺らぐだけだった。

そう寒いという夜でもないのに、ルミは着古したコートを強くかき合わせた。何かが逃げて行こうとするのを、必死で止めようとでもするかのように……。

もう手遅れだわ。何もかも逃げてしまった後で、あわてて鳥カゴの戸を閉めたところで、後に残るのは、飛び散った羽ぐらいのものだ——。

みんな、みんな、行ってしまった。

「何してるんだ?」

その男がそばへやって来るのに全く気付いていなかったルミは、びっくりして声を上げそうになった。

「や、すまん」

男の方が、少しあわてている。「びっくりさせるつもりじゃなかったんだ」

橋の上の照明は貧弱だったが、それでも男が、たぶんルミより少し年上——四十前後で、なかなか垢抜《あかぬ》けた感じだということは分った。

「何かご用?」

と、ルミは言った。

「用ってわけじゃないけどね……」

男は、ちょっと困惑の態《てい》で、耳の後ろを指でかきながら、「君が、季節外れの水泳でもやる気かと思って」

男の言い方が面白くて、ルミは笑ってしまった。

「心配してくれるの？」

「いや、経験者の立場から、あんまり面白いもんじゃないよ、と言ってあげたかっただけさ」

嘘とも思えなかった。なかなかいい身なりの、ルミの夫などよりはずっと「紳士」と呼べる印象の男だったが、もちろん紳士だからって辛《つら》い思いをしていないわけじゃないだろう。

「ありがとう」

と、ルミは言った。「でも、構わないで」

「うん。別に、口出しするつもりじゃないんだ」

男はあっさりと言った。「君は――お腹《なか》が空《す》いてないか？」

「何ですって？」

「お腹が空くと、人間ってのは悪いことばっかり考えるもんでね。――ま、後はどうなっても、ともかく何か食べないか。ちょうどこっちも食べようと思ってたところだ」

ルミは、少しもお節介がましくない、男の言い方に、我知らず肯《うなず》いていた。

「車がある。行こう」

と、男は促した。

「私が馬鹿だったのよ」

ビールで、少しほろ酔い加減になりながら、ルミは言った。

自分でも呆《あき》れるくらい、次々に出て来る料理を、よく食べた。中華料理で良かったかもしれない。

変に取り澄ました店だと、食べ足りなかったかも(?)……。

「夫に不満だったんじゃないの。それなのにね……」

「子供は?」

「男の子がいるわ。——今、七つでね、今年小学校へ上って……。そりゃいい男なのよ!」

ルミは言い切った。「その入学式には、一応、主人もね、目をつぶって、私を出してくれた。他の子の前で、母親抜きじゃ可哀そうじゃないかな、って思ったんでしょ。それが私の母親としての最後の仕事」

「別居?」

「というか、出されたのね。——仕方ないわよ。昔の男とバッタリ出くわしたのがきっかけで……。ちょくちょく遊んじゃ、おこづかいまであげて」

「ヒモか」

「そんなものね。ずいぶん悪くなってたんだわ、そいつも。私との写真で、主人から金をゆすろうとしたの。もちろん、私は知らなかったのよ」

「なるほど」

「主人の実家は、まあ名門ってほどじゃないけど、結構やかましくてね。もともと主人の両親には気に入られてなかったし……。向うは喜んでるでしょ。悪い嫁がいなくなって」

と、ルミは唇を歪《ゆが》めて笑った。

「旦那《だんな》はどう言ったんだい？」

「親の言いなりよ。もともと、そういう人だったし……。いい人なんだけどね」

男が、ビールをルミのコップへ注《つ》いだ。

「——ありがと。ねえ、あんたも少し飲んだら？」

「弱いんだ。いいから飲めよ」

「そう？　悪いみたいね」

ルミは、コップを一気に空にした。

「——子供とは会ってるのかい」

「とんでもない！　会わせてくれやしないわよ。それに、あちらはもう、早速再婚の話が進んでるみたい」

「なるほど」

「私は——一人住《ずま》いを始めて、パートに出たり、バーに勤めたり……。何もかも面倒くさくなっちゃった」

「で、橋の上か」

ルミは、ちょっと笑って、

「そう。橋の上ね。——あんたって面白いこと言う人ね」

「悔《くや》んでるってわけか」

「ええ……。失《な》くして、初めて分るわね、ものの値打って。あんな退屈な亭主、可愛いけど生意気な子供。なきゃないで、その内慣れる、と思ってたけど……。寂しいわ」

「食べろよ」

「もう充分！　太っちゃう」

と言って、ルミは笑った。「ごちそうになって、いいの？」

「当たり前だよ。付合《つきあ》わせたのはこっちだからね」

男は、ウーロン茶をゆっくり飲むと、「ついでに、もう少し付合ってくれるかい？」

ルミは、男の目を見た。——少しもギラついたものはない。

でも……付合え、と言われたら、子供じゃないんだ。見当はつく。

「いいわよ、もちろん」

と、ルミは言った。

ルミは目を覚まして、戸惑った。

不快な戸惑いではなかった。――むしろ、もう長いこと忘れていた、ごく自然な、爽《さわ》やかな目覚めだったのである。

こんな風に目が覚めたことなど、もう何年もなかったような気がする……。

起き上って、ゆっくりと頭を振る。時計を見ると、もうお昼近くになっていた。

その時、思い出した。――あの男のことを。

ゆうべは、ビールを飲み、思い切り食べて……。

それから、あの男に、

「もう少し付合ってくれ」

と言われて、当然、どこかホテルにでも連れて行かれるのだと思ったら、女の子ばっかりで一杯のケーキショップへ引張って行かれ、

「ここのケーキは、材料が違うんだ」

と、あれこれ解説つきで三つもケーキを食べてしまった。

確かにおいしかったけど、いい加減胸やけがして来たのも事実である。そして、車でこのアパートまで送ってもらって……。

どうしただろう？　それから、男も少し上って行って……。

一緒に寝たのか？　いや――布団に男の匂いは残っていない。

たぶん、ルミの方が眠くなって、勝手に眠ってしまったのじゃなかったか。男は？　笑

って帰って行ったのだろうか。

変な男だったわ、とルミは思った。

人に食事をおごり、こうして送ってくれて、何をさせるでもなく……。一体何だったんだろう、あの男は？

顔でも洗おうか。——布団から出て、欠伸《あくび》をしていると、玄関のドアが開いた。

「やあ、目が覚めたのか」

あの男が、大きなスーパーの袋をかかえて入って来た。

「あ——。どうも」

ルミはあわててカーディガンをはおり、スカートをはいた。

「帰っちゃおうかと思ったんだけどね」

と、男は上って来て、「玄関の鍵《かぎ》をあけっ放しにして帰るのも、心配だったんだ。それで……。車で寝たよ、こっちは。これ、冷蔵庫へしまってくれ」

「何を買って来たの？」

「ゆうべ冷蔵庫を覗《のぞ》いて、あんまり何もないんで、びっくりしてね。牛乳、卵、バター、それに冷凍食品とか……。ま、適当に買って来た。これくらいは入れとかないと、冷蔵庫が可哀そうだよ」

と、男は笑って、「気分は？」

「え、ええ……。すごくいいわ、すっきりしてる」

「良かった。——うん、いい顔色だ」

と、カーテンをあけて、男はまじまじとルミの顔を見た。「もう水泳はやりそうにないね」

ルミはハッとした。——死のう、と思っていた気持《きもち》は、どこかへ消えてしまっていた。

「じゃ、冷蔵庫へしまうものは早くしまった方がいいよ」

と、男は微笑んで、「僕はもう帰る。じゃ、頑張って」

「あの——」

ルミは戸惑った。「あなたは……。どうしてこんなことをしてくれるの？」

「別に」

男はもう玄関で靴をはいていた。「お互い様だろ、困ってる時は」

「お礼もさせてくれないの？」

「僕が水泳しようとしてたら、その時は止めてくれよ」

と、男は笑って言った。

そして玄関のドアを開けてから、

「財布に少し足してある。栄養つけて、やり直せよ。いいね」

と言うと、素早く出て行った。

ルミは、ポカンとして、部屋の真中《まんなか》に突っ立っていた。ゆうべからの一切が夢か幻だったような気がして……。

しかし、冷蔵庫の前に置かれた大きなスーパーの袋は、消えてなくなりはしなかった。

財布?——財布って言ったわ。

ルミは、バッグを開けて、財布を出した。このところ、ほとんど働いていなかったから、空っぽに近かったのだ。

でも、開ける前から、厚味を手に感じた。

一万円札が、何十枚入っているだろう?

ルミは、その場に座り込んでしまった。数えるのも怖い。数えたら、木の葉にでも変ってしまいそうだ。

——あの男は、何だったんだろう?

胸に熱いものがこみ上げて来て、ルミは涙が溢《あふ》れて来るのを、抑え切れなかった。

嬉《うれ》しいとか悲しいとかでなく、誰かの存在を、これほど身近に感じたことが、久しくなかったからである。

「そうだわ」

せっかく、男が買って来てくれたものを……。

袋の中味を、せっせと冷蔵庫に入れながら、再びあの男に会うことがあるだろうか、とルミは考えていた。

そう。——自分を救ってくれた男を、いつか救ってやりたい、と祈るような気持で思っていたのだ……。

3　宣戦

「七年か……」

自分でも気付かない内に、そう呟《つぶや》いていたらしい。

「何が七年なの？」

と、妻の美雪《みゆき》に訊《き》かれて、神崎紘一《こういち》は、

「何が？」

と、間の抜けたことを訊き返していた。

「今、自分で七年って言ったんじゃないの」

と、美雪は笑って、「いやね、まだぼけるには早いわよ。ちゃんと浩子《ひろこ》がお嫁に行ってからにしてちょうだい」

「馬鹿言え。誰が嫁になんかやるか。浩子はずっと父さんと一緒に暮《くら》すんだ。なあ？」

と、神崎は、四つになる娘に言った。

「お父さん、お口がくさいからいや」

と、浩子は冷たく言ってのけた。

「あらあら」

と、美雪は笑って、「やっぱり、タバコをやめないと、嫌われるわよ」

「そうかな……」

と、神崎は、ため息をついた。

――七年という言葉が、つい口から出てしまったが、うまく話をそらした。神崎は内心ホッとしていた。

「ごちそうさん」

と、神崎は立ち上った。

「あなた、少し太ったんじゃないの、また？」

と、美雪は言った。

三十七歳の神崎紘一に比べ、美雪は十歳も若い。結婚して五年。浩子を産んで、少し体の線が崩れたが、エアロビクスやらジャズダンスやらで頑張って、今は独身時代にも負けない、みごとなプロポーションを取り戻していた。

「太ってないよ。これでも用心してる。どうしてもうちで食べると、つい食べ過ぎるんだ」

と、神崎は言った。「ちょっと二階で仕事の電話をかけて来る。一時間ほど、邪魔しないでくれ」

「はいはい。じゃ、浩子は私がお風呂《ふろ》に入れるわ」

「いや、俺が入れる！」

と、神崎は主張した。「いいか、ちゃんと待ってろよ」浩子にしっかり言い聞かせて、神崎はダイニングルームを出た。

浩子が産まれて、二歳ぐらいになるまで、ほとんど家で食事をしたことはなかった。それが——今や、神崎は、

「明るい内でないと会えない男」

というのが定評になっている。

妻と子との食事。かつては馬鹿にしていたそんなものが、今の神崎にとっては、至上の楽しみである。

業者の接待で、どんな美女に囲まれようが、美雪と浩子の連合軍の前には、脆《もろ》くも白旗をかかげてしまうのだ。

今では、よほどの重大な用件か、出張でもなければ、神崎は家で食事をとるようにしていた。急成長した企業のトップにしては、珍しい存在かもしれない。

神崎は、階段を上り、二階の書斎へと入った。

もちろん、この家自体、「豪邸」と呼ばれる資格は充分にある。広さも、建物も、そしてセキュリティのシステムも。

しかし、必要以上に華美ではないし、また悪趣味なほど飾り立ててはいなかった。

二階の書斎も、それほど大きくはない。ただ、会社のコンピューターにつながれた端末機器がカタカタと音をたてていたりするのが、少し普通の書斎よりも「オフィス」に近い

印象を与える。

神崎は中に入ってドアを閉めると、広い机の前に座って、しばし何もせずに、電話を眺めていた。

電話をかけるのに、エネルギーが体にたまって来るのを、待っていなくてはならない、といった様子である。

五分、十分、とたつにつれ、神崎の表情は厳しくなって行った。美雪や浩子に見せている優しさは、かけらも見えなくなっている。

神崎は、思い切ったように、電話へ手をのばした。——数字に関する記憶力は抜群である。

ほとんどの必要な電話番号は、メモを見ずにかけることができたし、記憶力の減退を防ぐという気持もあって、短縮ダイヤルなどは、決して利用しなかった……。

指が軽やかに躍って、プッシュボタンを押した。

呼出し音が聞こえて来るまでが、いつになく長いような気がする。

呼出し音が二回だけ鳴って、止った。

「——はい、迫田《さこた》でございます」

と、夫人らしい声がした。

「雑誌社の者ですが」

と、神崎は言った。「ご主人はいらっしゃいますか」

「今夜はコンサートで……。帰りは十一時ごろになると思います」

「そうでしたか。申し訳ありません。——今夜はどちらで……」

「Nホールとか申してましたが」

「分りました。では、また改めてご連絡します」

神崎は電話を切った。——Nホールか。

そこの番号までは、いくら神崎でも、憶《おぼ》えていなかった。


「休憩だ」

と、マネージャーが言った。

「分《わか》ってる」

追田は、そっけなく言って、タオルを受け取ると、汗を拭《ふ》いた。

「——拍手が続いてるよ。出て来いよ」

と、マネージャーが、言うと、

「気のりしないんだ」

と、追田は首を振った。「できることなら、このまま帰りたいくらいさ」

「悪くないよ、出来は」

マネージャーがなだめるように、「さあ、一回は出てくれないと、格好がつかない」

「一回だけだ。すぐ明《あか》りをつけてくれ」

「ＯＫ、ＯＫ」

マネージャーに押し出されるように、迫田はステージに出た。

拍手がひときわ高くなる。

ホールを埋めた聴衆に向って、迫田は頭を下げた。

――分ってるとも。俺だって、自分の出来ぐらいは知ってるさ。

今日の前半がショパンだったのは、もちろん偶然だ。ソナタの二番。第二楽章が「葬送行進曲」である。

これはマネージャーと興行主の注文で入れた曲なのだ。本当はサティをもっと入れたかったが……。

「やっぱりショパンは人気がありますからねえ」

何が「やっぱり」なんだか……。

しかし、渋々入れたショパンが、偶然、彼女へのレクイエムになろうとは。

ショパンを、こんなにも共感をこめてひいたことはない。確かに出来は良かったはずだ。

しかし、俺は、このホールを埋める人間たちのためにひいたんじゃない。彼女ただ一人のために、ひいたのだ。当の彼女は、もちろん、聞くことができなかったのだが。

一回だけ、と言ったが、結局三回もステージに出て、やっと客席の明りがつき、休憩に入る。

「――何か飲むかい」

マネージャーが訊いた。

「いらない。一人にしてくれ」

と、迫田は手を振って、楽屋へと入って行った。

「誰も入れるな」

と、ドアを閉めようとして、念を押す。

「分ったよ」

マネージャーも、こんな時のアーティストには逆らわない方がいい、と分っている。

――迫田は、楽屋のソファに腰をおろして、息をついた。

後半のプロは、かなりの難曲――プロコフィエフのソナタである。

ひけるだろうか？　あの戦闘的な音楽を、こんな、沈んだ気分でひけるか。

曲を変えた方がいいかもしれない。もちろん、マネージャーはブツブツ言うだろう。

メインの曲は変えないでくれ、と、頼むだろう。

しかし、できないものはできない。――その点、ピアノのソロは、共演者がいないから、曲を変えるのも楽だ。

よし、いざとなったら、ステージに出て、その場で変えてやろう。マネージャーにも、どうしようもあるまい。

お茶でも飲もうか、と腰を浮かそうとすると、電話が鳴り出して、ハッとした。

何だろう？　こんな所に、誰がかけて来る？

　しばらくためらって、それから迫田は受話器を取った。

「――もしもし」

「迫田か」

　誰の声か、すぐに分った。

「かけて来ると思ったよ」

　と、迫田は言った。

　声に、懐《なつか》しさがある。

「コンサートなんだろう。すまん」

「いいんだ。商売だから、仕方なくやってるだけさ。今は休憩だし」

　少し間があって、

「彼女は可哀そうだったな」

　と、向《むこ》うが言った。

「うん。ニュースを見て、信じられなかった」

「他の誰かから連絡は？」

「今のところ、ない。しかし、みんな知ってるさ」

「相談する必要があるだろう」

「ああ、そうだな」

「早い方がいい。今夜、何時に終《おわ》る？」

「九時半かな」

「十時半でどうだ」

「いいよ。どこで?」

「〈R〉では?」

「懐しいな。分った。他の連中は?」

「これからだ。俺が連絡する」

「分った。じゃ、後で」

と、迫田は言ってから、「神崎」

「何だ?」

「どう思う?　誰がやったのか……」

「決《きま》ってる」

と、神崎は言った。「あいつだ」

「帰って来た、と?」

「他に考えられるか?」

「ああ……。そうだな」

「だから、急ぐ必要がある。用心しろよ。向うは、俺たちのことを調べてる」

「分るのか?」

「考えてみろ」

と、神崎は言った。「もし、奴が、佳子のことだけ知っていたとしたら、すぐには殺さん。他の仲間のことをしゃべらせてから、殺しただろう」

「なるほど」

「いきなり殺したってことは、しゃべらせる必要がなかったからだ。ということは、少なくとも、他の一人のことは、分ってるんだ」

「俺のことかもな」

「俺かもしれない」

と、神崎は言った。「じゃ、後で」

むだな話はしない。――神崎は昔からそうだった。

迫田は、いつしか自分の気持《きもち》が昂揚《こうよう》しているのに気付いた。

神崎の、七年前と少しも変《かわ》らない、きびきびした話し方が、迫田の血管へ流れ込んで、熱い記憶を呼びさましたのだ。

そうだ。俺たちは、まだ仲間なんだ。

その気持が、熱い思いがある限り、誰がやって来ようと、怖くない。そうだとも。

ドアをノックする音がして、マネージャーの声がした。

「おい、そろそろ用意してくれよ」

立って行って、迫田はドアを開けた。

「おい、ウーロン茶の熱いのをくれ。それと、甘いものはあるか?」

「和菓子なら、買ってあるよ」

「三つや四つ、ペロリと食べて見せるぜ。次はプロコフィエフだ」

「すぐ用意するよ」

迫田がどうして急にやる気を出したのか、マネージャーは戸惑いながら、駆けて行った。

「戦闘か……」

と、迫田は呟《つぶや》いた。「そうだ。——葬送の次は、戦闘だ。宣戦布告してやる。よく聞いてろよ……」

迫田は、力強い指を、ポキポキと鳴らした。

4　タバコの煙

「出かけるって？　これからか」

夫が目を丸くしているのを見て、綾子《あやこ》は笑った。

「急な用事だってあるわよ、私にも」

と、綾子は言った。「構わないでしょ？　今度のお花の会のことで、どうしても今夜中に決めておかなきゃいけないことがあるの」

大丈夫。夫が何も怪しんだりしないということに、綾子は自信があった。

急な外出も、度重なれば夫も妙だと思うだろうが、これまで綾子は夜遅くなって出かけたりしたことはない。

「そりゃ別に構わないけどな……」

と、安原兼一《やすはらけんいち》は読みかけの〈医事新報〉を閉じると、「お前の体が心配だからさ」

「大丈夫よ。あんまり動かないと、却《かえ》って太るし。それに寒いって気候じゃないわ」

「もちろん、構わんさ。でも、どこまで行くんだ？　送ろうか」

「タクシーを呼んだわ。そんなに遅くならないと思うけど、何なら先にやすんでて」

綾子は薄いコートを、ゆったりしたマタニティウェアの上からはおった。

「何なら、帰りは迎えに行ってもいいぞ、電話してくれれば」

「ありがとう。一応出る時に電話する」

と、夫を安心させるために、綾子は言った。

バッグを手に、玄関へ出ると、夫が居間からやって来て、

「あんまり遅くなるなよ」

と、言った。

別に文句を言っているのではない。綾子の体を気づかってのことなのである。

「行ってきます」

と、綾子は、夫に微笑みかけて、玄関を出た。

黄色い灯が点滅しているのが目に入った。タクシーは今来たところらしい。

「安原です」

と、声をかけて、綾子はタクシーに乗り込んだ。

「どうも毎度ありがとうございます」

愛想のいい運転手だ。

もっとも、綾子は年中このタクシーを呼んで使っているので、電話しても名前だけですぐに分《わか》るくらいだった。

行先を告げて、綾子は座席に身を委《ゆだ》ねる。――車が走り出すと、綾子は、少し体をずら

した。バックミラーで、運転手と目を合わせたくなかったのである。

実際、よく綾子を乗せている、注意深い運転手だったら、綾子の表情が、いつもとは別人のように見えるのに気付いたことだろう。

綾子は自分の内に、複雑な思いが渦を巻いているのを感じていた。――緊張があり恐怖があり、懐《なつか》しさと心弾む嬉《うれ》しさがあった……。

しかし……佳子。

佳子にはもう会えないのだ。そう思うと、綾子は、胸を強くしめつけられるような気がした。

いや、実際には、大して違いがない。佳子とは、この五年余り、会ったことがない。しかし、「会わない」のと「会えない」のでは大違いなのである。

佳子は、綾子より一つ年下だった。あのグループの中でも、綾子のことを、姉のように慕っていた。

その佳子が、綾子より一足先に結婚し、母親になった。綾子が妊娠したと知った時、久しぶりに佳子の所へ電話をして、知らせてやった。

「ゆったりしてればいいの。心配ないわよ」

と、あの佳子が、先輩顔をして、言っていたっけ。

産まれたら、お祝いに行くから、久しぶりに会おうね、とも言ってた。しかし、それは永遠に実現しない夢になってしまったのだ……。

佳子！——あんたの敵《かたき》はとってやるからね。

胸に熱いものがこみ上げて来る。それは怒りでも悲しみでもあり、同時に、長く忘れていた闘争本能でもあるようだった……。


〈R〉のネオンサインは、消えていた。

迫田は、用心して、一ブロック手前でタクシーを降り、〈R〉の裏口へ回ることにした。まだ体の中には、聴衆の熱狂の余韻がくすぶっている。後半のプロコフィエフは、前代未聞の出来だったのだ。

まあいい。——どうせ、いくら聴衆が賞《ほ》めても、ひねくれた評論家は何のかのと、難くせをつけるに決っているのだから。

そんなものは気にならない。確かに充実した演奏をした、という手応《てごた》えがあった。それで充分だ。

途中、細い路地を入り、裏の狭苦しい通りに出る。暗いが、静かである。

表の通りを、トラックが通って行った。

迫田は足を止めた。

誰かいる。——二、三メートル先の、つぶした段ボールを積み重ねたかげに、人の気配があった。

迫田は、そのまま、同じ足取りで進んで行くと、パッと横に飛んで、黒い人影に体当りした。

相手の下腹に、迫田の膝《ひざ》が食い込んで、音を立てる。手刀が水平に走って、相手は仰向けにのけぞって、ドサッと倒れた。

――違う。あいつじゃない。

あいつなら、こんなに簡単にやられるわけがないのだ。

タタッと足音が近付いて来た。

「誰だ」

と、迫田が鋭く言った。

「俺だ」

神崎の声がした。「何かあったのか」

「誰か隠れてるみたいだったんだ」

パッと明《あか》りが射した。神崎が懐中電灯を持っていたのだ。

光の輪が照らしたのは、薄汚れた浮浪者だった。

「――やったな。気絶してるだけか?」

「と、思うが……」

迫田が近寄って、その浮浪者の手首を取った。

「――いかん。息の根を止めちまったらしい」

「可哀そうに」

と、神崎は首を振って、「ま、放っとけ。こんな所で死んでいても、誰も気にとめないさ」

神崎に促されて、迫田は〈R〉の裏口へと歩いて行った。

「――変《かわ》らん匂いだな」

と、迫田は言った。「この店は?」

「今は俺のものだ」

と、神崎は言って、店の中の明りをつけた。

湿った匂いの漂う、古びたバーの風景。

「――変らないな、本当に」

と、迫田は言って、神崎の方を見た。「お前も変らない――と言いたいところだが、そうでもないらしい」

「少し太っただけさ」

二人は、固く手を握り合った。

「かけろよ。酒はある」

と、神崎は言って、カウンターの中に入った。

「この店は開けてるのか」

「いつもは開けてない。必要に応じて使うんだ。何か飲むか?」

「アルコールはやめてる」

と、迫田はスツールに腰をかけた。

「そうか。今や巨匠だからな」

「やめてくれ」

と、迫田は苦笑した。「ここへ来りゃ、もうピアニストの俺じゃない」

「ここはな――」

と、神崎が自分のグラスにウイスキーを注いだ。

「仕事上、裏で処理しなきゃいけない問題が起こった時、使うんだ。こっそり会うにゃいい場所だ」

「確かにな」

と、迫田は肯《うなず》いた。「しかし、よく取り壊されないな、この一帯が」

「この辺ずっと俺が持ってるんだ」

と、神崎は言った。「できるだけ、このままにしておきたい」

「なるほど」

と、迫田は笑った。「お前らしいよ。昔のことにこだわるタイプだ」

「まあな」

と、神崎は微笑んだ。「あんまり帰りは遅くない方が――」

「他にも？」

「綾子が来る。あとの二人は、東京を離れてるんだ」

「なるほど」

「綾子も、もう——」

と、言いかけて、神崎は言葉を切った。

さっき二人の入って来たドアが、いつの間にか開いて、綾子が立っていたのだ。

「二人とも、鈍くなったの？」

と、綾子が入って来た。「私が敵だったらいちころよ」

「相変らずだな」

と、神崎は笑った。

「抱きしめるのはよしてね。お腹の中に恋人がいるんだから」

神崎が、綾子の手を握る。綾子は、神崎に、そして迫田に、軽くキスをした。

「おめでたか」

迫田は目をみはって、「お前が母親？」

「自然の摂理ってやつよ」

綾子は、「椅子を借りるわよ」

と、木の椅子を引いて来て、座った。

「重たいのよ。これも」

と、息をつく。

「こんな時に、ろくでもないことが起《おこ》ったな」

と、神崎は言った。「佳子は可哀そうなことをした」

少しの間、三人は沈黙した。

「――こっちも身を守る必要がある」

と、口を開いたのは、迫田だった。「あいつがどこにいるか、突き止められないか」

「どうかな。難しいだろう」

と、神崎は首を振った。「俺たちはこの七年間、そういう世界と縁を断って来た。もう情報を手に入れるのは容易じゃない」

「じゃ、攻撃して来るのを待ってるのか？」

「危険なのは分ってる。しかし……」

「待って」

と、綾子が遮った。「佳子を殺したのが誰なのか、分ってるの？」

神崎と迫田は顔を見合わせた。

「そりゃ当然――」

と、迫田が言いかける。

「もちろんよ。私だって、〈ノラ〉がやったと思ってるわ」

と、綾子は言った。「〈ノラ〉は馬鹿じゃないわ。ただ発作的にカッとなって、人を殺す男じゃないのよ」

「だから危険だ」

「そう。——こっちから、見付けて、先に攻撃しない限り、私たちの内、あと一人か二人は死ぬことになるでしょうね」

迫田はため息をついた。

「てっきり死んでると思ってた」

「私は、生きてると思ってたわ」

綾子は、神崎の方へ、「タバコ、ある？」

と、訊《き》いた。

「今はやめといた方がいいんじゃないのか？」

「一本だけよ」

綾子は、軽くふかすだけにして、「——久しぶりだわ、この味」

と、ホッとしたように言った。

「見付けるといっても——」

「ねえ、銃は手に入るの？」

綾子の言葉に、神崎は面食らった様子で、

「持って歩くのか？」

「まさか！　ね、〈ノラ〉を見付けられるとしたら、あさってがチャンスよ」

「あさって？」

「佳子のお葬式」

「しかし——」

「私は出るわ。この七年の間にも、お付合《つきあ》いがあったし、出なければ、却《かえ》って不自然だわ」

迫田は、眉《まゆ》を寄せて、考え込んだ。

「奴が来る、と?」

「必ず来ると思うわ。何といったって、私たちを見る機会ですもの」

「君は危いぞ」

「あなた方が先に〈ノラ〉を見付けて、殺してくれればいいのよ」

綾子は、タバコを床へ落とし、靴でギュッと潰《つぶ》した。

綾子は一瞬、七年前に戻っているような錯覚に捕らわれていた。

5　秘書

「今日の予定を見せてくれ」

神崎に言われて、秘書の永峰静江《ながみねしずえ》は、少し戸惑った様子だった。

もちろん、即座に予定表を取り出し、

「こちらです」

と、神崎の前に置いたのだが。

神崎が、いちいち「今日の予定は」などと訊くことは、めったにない。少なくとも、永峰静江が秘書となってからの一年の間で、これが初めてではなかっただろうか。

神崎は、一日のすべての行動を、予《あらかじ》め考え抜いている男だ。時間にはむだがなく、判断も素早い。

それに合わせて動かなくてはならない秘書の方も、大変な緊張を強いられる。もちろん、それだけやりがいがある仕事だということは確かだとしても。

予定表をじっと見ていた神崎は、

「午後の二時から四時までの予定は全部キャンセルしてくれ」

と言った。

永峰静江は、面食らったように、

「何か急なご用事でも？」

神崎は答えなかった。質問するのは、秘書の役目ではないのである。永峰静江も、それはよく分《わか》っていた。ただ、あまりに思いがけないことだったので、つい口をついて出てしまったのだ。

「明日の午後も、十二時から夕方まで、戻れないと思う」

と、神崎は言った。

「かしこまりました」

明日は自社内での会議が主なスケジュールだ。トップの神崎次第で、どうにでもなる。

「明日は古い友だちの葬式なんだ」

と、神崎は言った。「仕事上の関係はないから、君は同行しなくていい」

「はい」

「ただ、香典の袋だけ、明日の朝用意しておいてくれ。中は僕が入れる」

「かしこまりました」

永峰静江は、答えながらメモを取っていた。

「今日の三時の約束は、昼飯を食べながらにしよう。先方へ連絡してくれ」

神崎は、それだけ言って、手もとのファイルを眺め始めた。

永峰静江は、三時に約束していた業者に電話を入れ、変更の連絡をした。もちろん、向うは否《いや》も応もない。

「――社長」

と、永峰静江は言った。「十分ほど出て来てよろしいでしょうか。先日の工場見学の写真が、もう仕上っていると思います」

「ああ、構わないよ」

神崎は、ファイルから目を離さずに言った。

「途中でケーキを買って来てくれ。例のシュークリームがいい」

「かしこまりました」

と、永峰静江は笑って言った。「仕事中にシュークリームをパクつく神崎紘一、なんて、写真週刊誌に売れそうですね」

「売れたら、その金でまたシュークリームを買おう」

と、神崎は大真面目な顔で言った。

永峰静江が出て行くと、神崎の顔から、柔らかい笑みが消えた。ファイルをわきへ押しやり、引出しを開けて、プライベートの専用電話を取り出す。

憶《おぼ》えているだろうか？　七年間もかけたことのない番号である。いくら記憶力に自信のある神崎でも……。

しかし、神崎の指は、ごく当たり前のように思い出していた。

もちろん、その番号を、今も同じ人間が持っているとは限らない。七年もたてば、持主が変っていてもおかしくないのだ。

呼出し音は長く続いた。少なくとも、使われていない番号ではないのだ。

神崎は、我にもあらず、心臓の高鳴るのを感じた。何か賭《か》けをやっているような気分である。

「——ああ」

と、受話器が上って、大儀そうな声が聞こえた時、神崎の胸が激しく騒いだ。

「もしもし」

「誰だ？　こんな朝っぱらから。かけ間違えるんじゃねえや」

と、向《むこ》うは切ってしまいそうである。

「待ってくれよ、じいさん」

と、神崎は言った。「元気そうだな」

少し間があった。

「じいさん、だと？　お前は誰だ？」

少し用心するような声になる。

「忘れたかい？　さすがにじいさんも、ぼけたか」

「待て」

と、相手は言った。「お前か。——紘一か？」

「さあ、どうかね」

「とぼけるな！　この野郎！」

と、じいさんは楽しげに言った。「生きてたのかい。とっくに海の底へでも沈められてると思ってたぜ」

「ちゃんと足はついてるぞ」

と、神崎は言ってやった。「なあ、今日の午後、会いたいんだ。そっちに行ってもいいか」

「いいとも。十二時ごろにするか」

「いや、三時ごろでどうだ」

「三時？　夜中の三時か」

「午後と言ったろ」

「そんな朝の内から、ここへ来るってのか？」

と、じいさんは面食らった様子だ。

「夕飯は女房子供と一緒に取る主義でね」

「家族持ちか、お前も」

と、じいさんは愉快そうに、「青くさいガキだったのにな」

「もう中年だよ。ガキはないだろ」

と、神崎は言った。「同じ所でやってるのか？」

「ああ。しかし、店はスッキリ新しくなったからな。見てくれ」

「じゃ、後で行くよ。楽しみにしてる」

神崎は電話を切った。

再び、笑みは消え、厳しい表情が顔を支配した。もう一度、受話器を取る。

「――もしもし。営業一課の水原《みずはら》さんを。――そうですか。いつ出張から戻られますか？

――分りました。――いや、結構。またこちらから連絡します」

神崎は、指でデスクを叩《たた》いていた。不安げなリズムである。


写真を受け取り、シュークリームを買うのには、五分しかかからなかった。

永峰静江は、途中の電話ボックスに入ると、シュークリームの箱を、用心しながら置いて、テレホンカードを取り出した。

とても人には見せられない、十代のアイドル歌手のテレホンカード。三十過ぎのキャリアウーマンの持つものではない。

プッシュホンのボタンを押してから、ついチラッと表に目をやる。くせというものだった。

「――課長ですか。永峰です」

と、静江は言った。「神崎が、動き出したようです。今日の午後の予定をキャンセルしたり、明日は友人のお葬式だ、と。――いいえ、誰かは聞いてません」

つい、声をひそめていた。

「午後二時から、外出すると思います。尾行はつけられますか。——そうですか。——分りました。ちょっと危険ですが、やってみます。——はい。課長、私が突然姿を消したら、どこかの湖の底にでも沈んでると思って下さいね。——おどかしてるわけじゃありませんよ」

静江はちょっと笑った。「——いいえ、銃は持っていません。見付かる危険の方が大きいですから。——いいえ。気付かれているとは思いません。用心してます。また連絡しますから」

十分か十五分なら、怪しまれることはないが、二十分となると、ちゃんとした理由が必要だ。

永峰静江は、電話ボックスを出ると、足を早めた。シュークリームで良かった、普通のケーキだったら、めちゃくちゃになっていたかもしれない。

静江が、多少興奮していたのは事実である。どんなに優秀な婦人警官であっても、一年もの間、有能な秘書の役割を演じ切ることは、容易ではない。

おそらく、静江自身、几帳面《きちょうめん》で、てきぱきとものごとを片付ける能力に恵まれていたのだ。でなければ、とても神崎の秘書として信頼を得るところまでいかなかっただろう。

今では、朝起きると、まず神崎の予定を頭の中でチェックするくせがついて、時として本来の任務を忘れそうになる。

その神崎が、今、何か始めようとしている。静江には確信があった。山が動き出したのだ。

「――旨《うま》いな」

と、神崎はシュークリームを二つ、ペロリと食べてしまった。

コーヒーの淹《い》れ方も静江はしっかりと憶え込んでいる。午前中、午後、夜で、淹れ方も変《かわ》る。

「社長」

と、少しおずおずした感じで切り出してみた。

「何だ?」

「午後からお出かけでしょうか」

「うん。君は来なくていい。家の用事でね」

と、神崎はニヤッと笑って見せた。

「そうですか。あの――私も一時間ほど出かけてよろしいでしょうか」

「私用か?」

「はい。あの――ご用がおありでしたら、構いません」

「いや、構わんよ。珍しいな」

「ちょっと――友だちが近くへ来るというものですから、会って来ようと思います」

「友だちか」

と、神崎は肯《うなず》いて、「女友だち？」

「あ――いえ、男の子です」

静江は少し赤くなった。

「男の子？　何だ年下の恋人がいたのか、君は」

「そんなんじゃありません。同い年の――」

「やっぱり恋人か」

「特別にそういうわけでは……」

「まあいいさ。僕は四時ごろには帰って来る。君もそれまでに戻って来てくれ」

「はい。申し訳ありません」

と、静江は頭を下げた。

「この近くだと……。そうだな」

と、神崎はちょっと考えて、「Nホテルが一番近い。僕の名前を出せば、二、三時間だけでも使わせてくれるよ」

「そんなんじゃありません」

本当に少し腹を立てたように、静江は言った。

そして――静江は、なぜかハッとしたのだ……。

「お昼ですが……。〈K〉の個室を取りましたけど」

「ああ、それでいい。君も出てくれ」

「はい」

静江は自分の席に戻った。

少しの間、動揺を悟られないように、静江はコピールームへ行った。一人になりたかったのだ。

どうして、あんな風に腹を立てたりしたんだろう？

友だちと会う、という話は、もちろんでたらめである。神崎を自分で尾行しなくてはならないのだ。

男友だち、と言ったのは話の勢いにすぎない。それなのに、私ったら、何だかむきになって……。

神崎がどう思おうと、構わないじゃないの。むしろ、恋人とホテルへ行っているとでも思われた方が、行動も楽になる。

静江が一瞬動揺したのは、神崎も、同じことを――つまり、恋人と会おうとしているのかもしれない、と考えたからだ。

まさか、とは思う。もちろん、神崎が家庭を大切にする男であることは、分っていた。

それでも外に愛人がいるかもしれない。

二時間の外出。神崎は自分もそうだから、あんな風に静江をからかったのかもしれない。

そう思った時、静江は平静ではいられなかったのだ。それは静江にとっても、思いがけないことだった。

——落ちついて！　落ちついて！

静江は自分にそう言い聞かせた。

どうすれば、神崎に気付かれずに尾行できるか。静江はそのことだけを考えようとした……。

6　第二の標的

「N商事の水原様。――N商事の水原様。お電話が入っております。電話室までお越し下さい。N商事の水原様……」

眠っていたわけではない。

ちゃんと目も覚めていて、窓の外の風景を見ていた。アナウンスも聞こえていた。それが自分のことだというのも、分っていた。

それでいて、なかなか動く気になれなかったのだ。――疲れている、というのとも、少し違う。

「N商事の水原様――」

分った。分ったよ。すぐ行くさ。どうしてそうしつこく呼ぶんだ？

少しは放《ほう》っといてくれないか。もうすっかり見飽きた新幹線からの風景も、このアナウンスも、みんな苛々《いらいら》させられる奴らばっかりだ。

出張といっても、週に最低二回。ほとんど「通っている」のと同じだ。これはもう「旅」ではない。「通勤」である。

息抜きにも、気分転換にもならない。ただ、「面倒な外出」にすぎないのだ。

「ちょっと失礼」

窓側に座っていた水原は、隣席の、同じようなビジネスマンの前を通って通路へ出た。

はたから見ていたら、呼出しのアナウンスを聞いて席を立ったとは思えなかっただろう。足取りものんびりしているし……。

――電話に出ると、

「何やってたんだ？　乗ってないのかと思ったぞ」

と、次長の不機嫌な声が飛び出して来た。

「ちょっと眠ってたんです」

慣れっこなので、何を言われようと、応《こた》えやしない。「何かご用ですか」

「用でなきゃかけん」

次長は面白くなさそうな口調で言った。

次長の話を、水原は適当に聞き流していた。帰ってからだって、一向に困らない用件なのである。

要するに、次長は自分の部下がいつも自分の「手の届く所」にいるのを、確かめていたいのだ。――水原は適当にあしらっておくことにした。

「――今日は出社するんだろうな？」

と、用件がすんだところで、次長が言った。

「もちろんです」

と、水原は言った。「もちろん真直《まつす》ぐ家へ帰りますよ」

そう言っておいて、ポンと電話を切る。さぞ、向《むこ》うで次長がムッとしていることだろう。

――水原はちょっと笑った。

電話を終えて、水原はビュッフェに寄って、コーヒーを頼んだ。

コーヒーカップを手に、窓辺によりかかるようにして飲む。次長と話して、却《かえ》って少し気分は良くなった。

相手とやり合い、わざと怒らせたり、いなしたりする。昔から、水原はそんなことが大好きだ。肌に合っているのである。

あのころも、そうだった。――毎日が、緊張に充《み》ちていた、あのころ。

水原は、窓外に流れ去る風景を眺めた。

――過ぎてしまうと、「時間」はこの新幹線すら遠く及ばないスピードで駆け抜けて行ってしまうように見える。

ほんの七年前。俺は全く別の人生を送っていたのだ。それが……。

あのころの俺なら、こんな平凡なサラリーマンになって、女房をもらい、子供と手をつないで日曜日を過《すご》すなんて暮《くら》しを、考えることもしなかったに違いない。

それが今は……。

水原はぐいとコーヒーを飲み干した。

悔んでいるわけではない。納得した上で、生き方を変えたのだ。みんなが、各々の道を進んだ。

中には、神崎のように大成功して、社長におさまっている奴もいる。もっとも、昔からあいつは頭が良くて、切れる奴だった。

そして中には……。

水原の顔が少し曇った。――佳子。

水原は佳子にひかれていた。そうだ。あのころは言い出せなかったが、好きだったのだ……。

俺と結婚していたら。佳子。殺させるようなことはしなかったぜ。決して。

帰京したら、神崎に連絡しよう、と水原は思っていた。

気の重い用件ではあるが、神崎の声を聞くのは楽しみだった。何年ぶりのことになるだろう？

仲間たち。――あのころの無茶苦茶ばかりやっていた仲間たち。

あのころの記憶はむだではない。今、会社勤めをしていても、水原が上司に対して卑屈にならずにすんでいるのは、あのころの自分があるからだった。

仲間。同志。――何と呼んでもいい。青春を分け合った連中のことを、水原は決して忘れないだろう……。

「ごちそうさん」

コーヒーカップをカウンターに置いて、水原は席のある車両の方へと歩いて行った。

少し間を置いて、水原の置いたカップの横に、もう一つ空のコーヒーカップが置かれた……。


神崎は、しばし、戸惑ってその自動扉の前で突っ立っていた。

確かにここか？　この、若者向けの喫茶店みたいな明るい店がそうなのか？

店から、中年の毛皮をはおった婦人が出て来た。堂々としているのは、体格と髪型の両方だった。

「またおいで下さい」

と、聞いたことのある声が、神崎の耳に届いて来た。

神崎は、自動扉が閉じる前に、店の中へ入った。

「いらっしゃいませ」

と、言って、そのチョッキを着た老人は、目を見開いた。「こりゃ驚いた」

「お互い様だろ」

「入れよ」

老人はカウンターの奥から出て来た。

二人はほとんど無意識に手をさしのべ、握り合った。

「大人になったたな」

と、老人は言った。

「当たり前だ。三十七だぜ」

「かけないか。コーヒーをサービスしてるんだ。一杯どうだ？」

「いただくよ」

「最上のブルマンの豆を使ってる。その辺の喫茶店なぞ、足下にも及ばないよ」

デミタスカップも、一見してウェッジウッドと分る高級品だった。一口飲んで、神崎は、

「旨《うま》い」

と、肯《うなず》いた。「香りも。――一流だな」

「当たり前だ。にせものは扱わない、ってのが俺の主義だ」

皆川広次郎《みながわこうじろう》というのが、老人の名である。しかし、神崎たちは昔から、「じいさん」と呼んでいた。考えてみれば、七年前には、まだ五十代だったはずだが、不思議と印象は変《かわ》らなかった。

「しかし――」

と、神崎は店の中を見回して、「こんなに変ったとは思わなかったよ」

「古物商もな、昔みたいな暗いイメージじゃやっていけないのさ」

と、皆川広次郎は言った。「今は毛皮とか宝石。一流のものだけ扱ってる。堅実な商売だよ」

「結構だな」

と、神崎は肯いた。

「お前もうまくやってるようじゃないか」

「一応、成功したよ。まだ先のことは分らないが」

「さっきの女、見たかい？　イヤリングを売りに来たんだ。旦那《だんな》は知らぬが仏さ。お前のとこは大丈夫か」

「だと思うがね」

と、神崎は肩をすくめて、「もし女房が来たら、高く買ってやってくれ」

皆川は、ちょっと笑って、

「しかし、七年もたって、何の用だ？」

と、言った。

「うん。――知らないか？　昔仲間にいた、佳子のことだ」

皆川の顔から、笑いが消えた。

「知ってるとも。TVで見た。泣いてやったよ。当然だろ」

「全く、ひどいことさ」

神崎はコーヒーを飲み干し、「――じいさん。敵は、佳子だけじゃなくて、俺たち全部を狙《ねら》ってる。武器がいるんだ。何とかならないか」

皆川は、ちょっと目を伏せた。――だめだな、と神崎は思った。

「確かなのか？」

「何でもない主婦が、何発も撃ち込まれることはないよ。そうだろ？」

「うむ……」

皆川は、カウンターの中へ戻って、「今の俺にゃむずかしい」

と、言った。

「そうか。無理ならいいんだ」

「すまんな」

と、皆川は言った。「俺の女房――知ってるだろ」

「ああ。元気かい？」

「もう五年、寝たきりだ。危いことをやって、刑務所へ行ったら、あいつも死ぬ。――危い橋を渡るのはやめたんだよ」

神崎は肯いた。

「知らなかった。――大変だったな」

「いや、なに……。見た通り、結構繁盛してるしな」

と、皆川はニヤリと笑った。「普通の商売も、やってみりゃ、それなりに面白いもんだよ」

「同感だ」

神崎は、立ち上った。「じゃ、悪かったな、邪魔して」

「いや、一向に。いつでも遊びに来な」

「何時開店なんだ？」

「午後二時。――用のある客は、たいてい夕方すぎに来るんだ」

「憶《おぼ》えとこう」

と、神崎は言った。「元気でな」

出入口の方へ行きかけた神崎へ、

「やった奴は分《わか》ってるのか」

と、皆川が言った。

神崎は振り向いて、

「たぶん……〈ノラ〉の奴だ」

「やっぱりか。――用心しろ」

「ああ」

神崎は、ちょっと笑顔を見せた。「そう簡単にやられやしないよ」

自動扉が開くと、神崎は足早に店を出た。自動扉は、いつもの通りの勤勉さで、スルスルと閉じた。


もうすぐだな。

席へ戻りかけた水原は、途中トイレに寄った。――今日は、女房の誕生日だ。

向うは俺が忘れてると思ってるだろう。

どこかで食事でもするか。それとも——何か買ってやった方が喜ぶかな。

トイレから出ようと扉を開ける。目の前に立っていた男が、いきなり水原の胸をドンと突いて、水原はトイレの狭い床に、尻《しり》もちをついてしまった。

「何するんだ！」

と、見上げると——。

その男の冷ややかな目が、見下ろしている。その目。——見憶《みおぼ》えがあった。

「ノラ……」

と、水原は言った。「ノラだな、お前！」

その男の手に、拳銃《けんじゅう》が握られているのを、水原は見た。避けようはなかった。

「やめろ」

と、水原は言った。「みんなが黙ってないぞ！」

ドン、と押し殺した銃声がした。弾丸は、水原の額の真中《まんなか》を射抜いて、一瞬の内に水原の生命を絶っていた。

男は上衣《うわぎ》の下に銃を入れ、扉を閉めると、チラッと左右へ目をやってから、ポケットから紙を取り出し、扉に貼《は》った。〈故障〉という二文字が、少し、右上りに書かれている。

男は、通路を足早に消えた。

入れ違いにやって来た女性が、トイレに入ろうとして〈故障〉の文字に気付き、ちょっと顔をしかめて、隣の扉を開けた。

新幹線は、もう数分で東京駅へ着く。
気の早い客が、荷物を下ろし始めていた。

7　罠《わな》

「今晩は」

と、皆川は言って、顔見知りの看護婦に会釈した。「すみませんね、いつも夜分遅くに」

「いつも、ご苦労様」

と、もう大分先輩のその看護婦は、皆川に微笑みかけた。「奥さん、今日は割といいようですよ」

「そうですか。ま、秋の内はいいんだが、冬が心配でね」

「そうねえ、もう五年？　長いですからね、入院生活も」

と、看護婦は肯《うなず》いて、「でも、ご主人がいい方だから、きっと大丈夫よ」

皆川はちょっと声を上げて笑った。もちろんここは病院の中だ。馬鹿笑いするわけにはいかない。皆川は、手提げの紙袋を差し出して、

「お菓子を、皆さんでつまんで下さい」

と、言った。

「あらあら、いつもすみませんね」

もう十時を回っている。本来なら面会時間は過ぎているのだが、目をつぶってもらっているのである。こうして時々差し入れするのも、そのお礼なのだった。

「じゃ、どうも」

と、皆川は、もう明《あか》りを落として、少し薄暗くなった廊下を歩き出した。

「あ、そうだわ」

と、看護婦が振り向いて、「皆川さん、さっきお見舞《みまい》の方が」

「女房の所にですか？　誰だろう」

と、皆川は当惑して、「何時ごろですか？」

「そうね、八時の面会時間の終《おわ》り、ぎりぎりだったわ。お花を持って、すぐ帰られたようですけどね」

「はあ……。男ですか？　女？」

「男の方。そうねえ、四十くらいかな。なかなか紳士で」

神崎かな、と皆川は思った。今日、昼間久しぶりに会った時、女房の話も出たが、病院の名前は言わなかったような気がする。

それとも、しゃべったかな？

どうも、忘れっぽくなっていけねえや、と皆川は首を振った。

「女房の奴に訊《き》いてみますよ。若い恋人ってわけじゃないでしょうがね」

「まあ」

看護婦は楽しげに笑った。

皆川は、妻のいる病室へと急いだ。たぶん、起きているだろうが……。最近は時々眠り込んでしまっていることがあるのだ。

二人部屋に、妻の花代《はなよ》は入っている。ドアを開けようとして、皆川はつい、くせで病室の名札を確かめていた。ドアのノブにかかっていた手が止った。〈皆川花代〉の名札が、逆さに入れてある。

何だ、これは？　皆川は腹立たしげに、名札を抜いて、元の通りに直した。

「縁起でもねえ」

と、呟《つぶや》く。

もう一人の入院患者も、花代と同じくらいの年代で、眠りが浅い。もし眠っているといけないので、皆川はそっとドアを開けた。

花代のベッドのところに明りが点いていて、他は暗くなっている。

「――おい」

と、皆川は低い声で呼びかけた。「寝てるのか。――おい」

傍《かたわら》の椅子に腰かけようとすると、花束が置かれている。――誰が持って来たんだろう？

花束を手に取って、腰をおろすと、そっと妻の方へかがみ込む。――よく眠っているようだった。

せっかく眠ったのなら、起《おこ》すこともあるまい。しかし、この花は――どうしよう？　ガサゴソと紙を破いたりしたら、花代が目を覚ますかもしれない。このまま、持って帰るか。

その時、花の間に差し込まれたカードが目に止《とま》った。そっとつまみ出し、明りの所へ持って行って開いた……。

〈一階奥の待合室にいる。ノラ〉

几帳面《きちょうめん》な字だった。――皆川の手から花束が落ちた。

あいつ？　あいつがここへ？

皆川はハッとした。血の気がひいた。

「花代！――おい、花代！」

と、妻の体を揺さぶった。

まさか――まさか、あいつ――。

花代が目をパチクリさせて、

「あら……。いつ来たの」

と、言った。

皆川は大きく息をついた。

「良かった！――大丈夫なのか？」

「ええ……。あら、もうこんな時間？」

と、花代は弱々しく微笑んで、「八時前くらいまでは憶えているんだけど……。だめね、ちょっとウトウトするつもりが……」

そして、皆川が拾い上げた花束に気付いて、

「あら、その花、持って来たの？」

「いや……。誰かが置いて行ったんだ」

と、皆川は言った。「見たか？」

「いいえ。——きれいね。そこの花びんに入れておいて」

「分《わか》った」

皆川も、やっと笑顔を見せた。「花びんに水を入れて来る」

「入れすぎないで。半分くらいでいいのよ」

「分ったよ」

皆川は、花びんと花束を手に、病室を出た。——湯沸室《ゆわかし》があり、そこに花びんと花束を置くと、皆川は急いで歩き出した。

階段を下りて一階へ出る。

外来の待合室は、もちろんもう明りも消えて人気《ひとけ》がない。皆川は、廊下の方から、しばらく様子をうかがっていたが——。

思い切って、足を進めてみる。まだいるだろうか？

それとも待ちくたびれて帰ったか。——皆川には分っていた。

あいつは待っている。七年間も待っていたのだ。一時間や二時間待つのが、何だろう？

「止れ」

突然、背後で声がした。「振り向くなよ、じいさん」

「ノラ……」

「じいさんを殺したくねえからな」

皆川は、足を止めたまま、呼吸を整えた。——怖くない、と自分へ言い聞かせた。こんなこと、昔はいくらもあったじゃないか。そうだとも。

「佳子を殺したのか」

と、皆川は言った。

「ああ」

「何てことを！」

「じいさんが俺の立場なら、殺してたぜ」

その声は、冷静そのものだった。「水原も片付けた」

「いつ？」

「今日だ」

「どこまでやる気なんだ」

「答えるのは、じいさん、あんたの方だよ」

と、その声は言った。「神崎が会いに来ただろう」

皆川はギクリとした。

「どうして？」

「答えたのと同じだな」

と、その声は低く笑った。「神崎が身を守るために武器がほしくなりゃ、あんたの所へ来るさ」

「俺は――」

「嘘はつくなよ」

と、その男は言った。「あんたのかみさんも殺したかないからな」

皆川は動揺した。

「花代に手を出すな！」

「ここで、じいさんを殴っといて、病室へ行き、キュッとひとひねりしてやるのは、簡単なことさ」

確かに、言う通りだ。――皆川は、手も足も出せなかった。

「どうしろって言うんだ？」

「神崎に連絡しろ。拳銃《けんじゅう》が手に入ったってな」

「何だと？」

「渡すから、会いたい、と言うんだ。分ったかい？」

皆川は、ゆっくりと息をついて、

「ノラ……。お前の気持《きもち》は分るぜ。しかし、あの時のことを考えれば――」

「俺は話し合いに来たんじゃない。承知するのか、しないのか」

本気だ、と皆川には分った。こいつは本気で、俺も花代も殺してしまうだろう。少しもためらわずに。

「——分ったよ」

と、皆川は言った。「どう言えばいいんだ?」

「——あなた、電話」

と、美雪が言った。

「ああ、分った」

浩子に絵本をめくってやっていた神崎紘一は顔を上げて、「誰からだ?」

「皆川さんですって。名前を言えば分るって」

「そうか」

神崎は、絵本をテーブルに置いて、「さ、一人で見ててごらん」

「ママ、読んで」

と、浩子は、断固として誰かが付合《つきあ》うことを要求した。

神崎は笑って、電話へと急いだ。

「——もしもし」

「やあ、俺だよ。昼間は悪かったたな」

「どうしたんだ?」

「実は――」

　と、少し声を低くして、「何とか手に入ったんだ」

「本当かい？　大丈夫なのか、そっちは」

「後くされのないやつだ」

「なら、いいが……。いつ、もらえる？」

「急ぐんだろ」

「そうだな」

「じゃ、今から店へ行って待ってる」

　神崎はチラッと時計を見て、

「よし、これから出る。四十分後では？」

「充分だ」

「無理言ってすまないな」

「どうってこたあないさ」

　皆川はぶっきら棒に言った。「じゃ、待ってる」

「ああ」

　神崎は受話器を置いて、居間に戻った。

「どうしたの？」

　と、美雪が訊《き》く。

「うん。ちょっと出かけなきゃいけない」

「こんな時間に？」

「浩子は先に風呂《ふろ》へ入れて寝かしといてくれないか」

「いいわ。——遅くなるの？」

「成り行きだ」

神崎は、二階へ上《あが》って、外出の仕度をした。すぐに下りて来ると、美雪がお風呂のお湯を入れ始めていた。

神崎は台所へ入ると、包丁差しから、尖《とが》った肉切り包丁を取り、タオルでくるんだ。それをコートのポケットへ入れ、玄関へと急ぐ。

——新幹線で水原の死体が出たことは、知っている。用心の上にも用心だ。

もちろん、そんな必要はないだろうが……。

車を出し、皆川の店へと向う。

夜の道は、工事で意外に混んでいた。

車内の電話が鳴り出して、神崎は受話器を取った。

「——やあ。奥さんに聞いてね」

迫田だった。

「今日はリサイタルがないのか」

「もうすんだよ。何時だと思ってるんだ？　それより、水原が——」

「知ってる」

「どこへ行くんだ？」

「じいさんの所だ。手に入りそうだ」

「そりゃいいや。俺の分も？」

「そこまで聞いてない」

と、神崎は言った。「来るか？」

「ああ。俺の分も頼みたいからな」

「それなら、拾って行こう。どこにいる？」

「赤坂の〈C〉って店だ」

「知ってる」

神崎は、少し考えてから、「迫田。〈ノラ〉はこっちが考えてる以上に、動きが早い。じいさんの所へ行っていても、不思議じゃない」

「何だって？」

「いや、必ずそうだというんじゃない。ただ、用心だ。分るな」

「ああ。仕度して行くよ」

と、迫田は答えた。「面白いじゃないか」

8　電話の声

迫田は、もう店の前で待っていた。

コンサート用の黒いスーツでなく、バックスキンのジャケットをはおった迫田は、年齢より大分若く見えた。

神崎が車を寄せて停《とま》ると、すぐにドアを開けて、迫田が助手席に乗る。

「行こう」

と、言うまでもなく、車はまた動き出し、すぐに車の流れの中に呑《の》み込まれた。

「水原で二人か」

と、迫田が首を振った。「あいつは大体無用心な奴だった。それを楽しんでるようなところもあったしな」

「しかし憎めない奴だった」

「もちろんさ。――俺も、好きだったよ」

「〈ノラ〉の奴」

と、神崎が呟《つぶや》く。

その一言に、神崎の思いがこめられていた。

しばらく二人は黙っていた。

沈黙の内に、二人とも自分の中の闘志をかき立てていたのかもしれない。

車が赤信号で停ると、神崎は言った。

「何か武器になる物を持ってるか？」

「ちっぽけなナイフをな」

と、迫田はジャケットの胸の辺りを軽く叩《たた》いた。「向《むこ》うは飛び道具だ。少々頼りないな、やっぱり」

車が再び走り出す。

「本当にじいさんの所に、〈ノラ〉が来てると思うのか？」

と、迫田は訊《き》いた。

「分《わか》らん。しかし、昼間会った時には、無理だと言ってたんだ。どうして気が変《かわ》ったのか、不思議でな」

「水原のことを聞いたんじゃないのか」

「たとえ、そうだとしても、時間的におかしい。今のじいさんは、手もとに銃を置いてるというわけじゃないんだ。どこかへわたりをつけて、手に入れるしかない。水原がやられたってニュースが流れたのは夜になってからだろう」

「なるほど」

と、迫田は肯《うなず》いて、「言ってることが分ったよ」

「それからすぐ手を打っても、今夜中に手に入れる、っていうのは難しいはずだ。——もちろん、たまたまうまい具合に手に入ることだって、ないじゃないだろうがな」

迫田がニヤリと笑った。

神崎には、迫田の笑みの意味がよく分っている。——どんな時でも、悪い方へ悪い方へと考えるのが、神崎なのだ。

それに比べると、迫田は多分に運任せというところがあって、それは腕っぷしに自信があるせいでもあった。先のことを考える、というのが、迫田は得意でない。

計画を立て、練り上げ、常に逃げ道を用意するのは、神崎の才能だった……。

「あと十分くらいだな」

と、神崎は言った。「お前を拾ったんで、少し余計にかかったが、五、六分の遅れで着くだろう」

「どうする？」

「何がだ？」

「俺は少し手前で降りようか。お前一人で来た、ということにした方がいいだろう」

神崎は、ちょっと愉快そうに、

「お前も大分用心深くなったんだな」

と、言った。

「大人になったのさ」

迫田は腕組みをして、「バッハをきちんと弾けるまでは死にたくないしな」

と、付け加えた。

バッハ、か……。

神崎は、音楽のことは一向に分らないのだが、バッハの名前ぐらいは知っている。それと、「トッカータとフーガ　ニ短調」の頭のところぐらいは……。

それにしても、迫田がバッハを論じるようになるとは、神崎にとっては信じられない話である。

もともと、確かに迫田はピアノが上手《うま》かった。父親がジャズピアノを弾き、見よう見まねで、器用な迫田は習い憶《おぼ》えてしまったらしい。

仲間たちが集まった時など、迫田はよく即興で、きれいなメロディを弾いて見せたものだ。——死んだ佳子などは、もともと育ちが良かったせいもあるだろうが、

「迫田さんは才能があるわ」

と、いつも言っていたものである。

しかし——まさか、本当にピアニストになるとは、それもクラシックのピアニストになるとは、仲間の誰も考えなかっただろう。

仲間が解散してから二、三年たって、神崎は〈異色の新人ピアニスト〉として、週刊誌の記事になっている迫田を見付けて、唖然《あぜん》としたのだった。

迫田は、全く誰の門下というのでもなしに、あるコンクールに出て、入賞こそしなかったものの、極めて個性的な、魅力のある演奏をして、〈特別賞〉を受けたのだった。

その時の審査員の一人が、迫田を気に入って、集中的に指導した。二年後に、迫田はプロとして、みごとなデビューを飾ったのだった。

その音楽は「教科書的でなく、ユニーク」と評され、一種野性的な力強さは、多くの女性ファンを作った。今では、迫田は「金になる」ピアニストの一人なのである。

——人間ってやつは分らない。

神崎は、迫田のことを考えるたびに、そう思うのだ。

「あの角の向うだ」

と、神崎は言った。

「OK。思い出したよ。この辺り、すっかり変っちまったな」

と、迫田は言った。「その角の手前で降りよう。曲ってからだと目に入るかもしれない」

「よし。頼む」

車を停めると、迫田が素早く外へ出て、たちまち夜の闇《やみ》の中へ消える。身のこなしは、少しも鈍っていない。

神崎と違って、プロのピアニストになってから、迫田は体をきたえている。腕力や体力は、昔のころよりもあるのではないか。

どうも俺は運動不足だね、と肩をすくめて、神崎は車を進め、角を曲った。

すでに、どの店も閉めているその通りは、ほとんど真暗だった。

皆川の店だけがポカッと明るく、路上に光の帯を広げている。

車を、神崎は明《あか》りの届く手前で停めた。わざわざ標的になるのは気が進まない。

店の中が、まるでＴＶのブラウン管を見るように、はっきりと見てとれる。皆川は、カウンターの中に立っていた。当然、神崎の車に気付いたはずだ。

車から出た神崎は、周囲へ目をやった。

怪しい車、身を隠せる場所は、一見したところでは、見当《みあた》らない。――店の中に、あいつはいるのだろうか？

いや、もちろん、これが罠《わな》だとは限らないのだが、皆川がわざわざこんなに派手に明りを点《つ》けているのが妙だった。

いつまでもためらってはいられない。

神崎は、あくまで普通の足取りで、そして万一の襲撃の時には、すぐにも身を伏せられるように、全身を緊張させながら、歩いて行った。自動扉が開く。

「――やあ」

と、神崎は言った。「遅くにすまんね」

「構やせんよ」

と、皆川は言った。「そこにかけてくれ」

椅子をすすめられて、神崎は少したためらった。ライフルの照準が、その椅子に合わせてあるかもしれない。

椅子をぐいと引いて来て、腰をおろすと、体を斜めにして、通りの方も目に入るように座った。

「手に入ったって？」

と、神崎が言うと、皆川は少し顔をしかめた。

「それが、まだ来ねえのさ。約束じゃ、一時間も前に持って来てるはずだ」

「そうか。──どこのルートだい？」

「詳しいことは聞いてないのさ。却《かえ》って面倒だからな」

と、皆川は言った。「コーヒーを飲むかい？」

「もらおうか」

やはり奇妙だ。──入手経路こそ、一番問題なのである。

とんでもないいわくのある銃では、後で厄介なことになる。それを確かめずに、「後くされのない銃」などとは言えないはずなのだ。

皆川が、カップを神崎に渡す。

「じいさん」

と、神崎はほとんど口を動かさずに言った。

「〈ノラ〉の奴が来たんだな？」

皆川は無言だった。――答えたのも同じだ。

「奴はどこにいる？」

と、神崎は言った。「中か。外か」

皆川はカウンターの方へ戻りながら、

「外は風が強いかい」

と、訊いた。

そうか。外か。――あの闇の中のどこかから、こっちを狙《ねら》っているのだろうか。

神崎は、ゆっくりとコーヒーを飲んだ。

迫田は〈ノラ〉の奴を見付けるだろうか？

「心配するなよ」

と、神崎はコーヒーを飲み干すと、「旨《うま》かったぜ」

と、立ち上った。

「こっちへ来るな！」

と、皆川が叫んだ。

同時に、皆川は身をかがめて、店の明りを消した。神崎も、素早く床に身を伏せていた。

――銃撃も、爆発もない。

「――女房の病院にやって来たんだ」

と、皆川の声が、暗がりの中から聞こえた。

「女房を殺す、と言いやがった。すまねえな」

「気にするな」

と、神崎は言った。「どこにいる？」

「分らねえ。ともかく明りを点けて、お前を入れろと……」

「それにしちゃ、仕掛けて来るのが遅いな」

神崎は少し体を起こした。「奴はどんな風だった？」

「はっきり見てないんだ。目深にソフトをかぶってたしな」

「水原も死んだぞ」

「聞いた。奴が言ってた。——誰か来る！」

「大丈夫。迫田だ」

扉の前に、迫田が立った。「開けてやってくれ」

電源が入り、扉が開いた。——明りはまだ消えている。

「誰もいないぜ」

と、迫田が言った。「やあ、じいさん」

「明りをつけろよ」

と、神崎は起き上った。「逃げたかな」

「俺に気付いたのか」

明りが点く。——迫田は、皆川を見て、ニヤリと笑った。

「妙だな」

と、神崎は首を振った。「やる気なら、機会はあった」

「二人やるのは大変だと思ったんだろう」

「そうだな」

と、神崎は肯《うなず》いた。

「おい！」

と、皆川が青くなった。「じゃ……女房の奴が——」

神崎と迫田は顔を見合わせた。

「やりかねない。行こう」

三人は店を飛び出した。

神崎の車に乗って、皆川が病院の場所を説明する。

車は、夜道を猛スピードで突っ走った。

「——じいさん。この電話で病院へかけろ」

と、神崎が車内の電話をチラッと見て言った。

「ああ。——しかし、何と言うんだ？」

「何とでも。かみさんの具合の悪くなる夢を見た、とか。気になるんで今そっちへ行くから様子を見てやってくれ、とでも」

「分った」

皆川が受話器を取ろうとした時、電話が鳴り出した。迫田が、

「誰だ？」

と、言った。

「分らん。――俺の耳に当ててくれ。ハンドルから手を離すと危い」

迫田が受話器を外し、神崎がしゃべれるように持ってやった。

「もしもし。――誰だ？」

と、神崎は言った。

この番号を知っているのは、限られた人間だけだ。一体誰が……。

「もしもし……」

押し殺して、かすれた声がした。「病院は危ない……」

「何だって？」

「病院へ行くな……」

と、その声は言った。

9　最初の接触

誰の声だ？

神崎には見当もつかなかった。

「もしもし」

と、神崎は少し車のスピードを落として、言った。「誰なんだ？　病院が危いってのはどういうことだ？」

「相手は駐車場で待ってる」

と、その押し殺した声は言った。「気を付けろ……」

「おい、待ってくれ。――もしもし」

神崎は首を振った。「切れた」

「何の電話だ？」

と、迫田が訊《き》く。

「じいさん。病院へかけな。奥さんの様子を確かめてもらうんだ」

「分った」

皆川が震える手で受話器を持つと、病院の番号を押した。「――あ、もしもし。皆川といいますが。――どうも、夜分にすみませんね。実は、ちょっとうちの奴の様子を、見てやっていただけますか。――いえ、馬鹿げてるとは思うんですが、その――何というか、胸さわぎってやつでしてね。気にしだすと、気になって眠れないんで。――笑わんで下さいよ。――ええ、お願いします。待ってますんで」

皆川はホッと息をついて、

「顔なじみのベテランの看護婦だ。今見に行ってくれてるよ」

と、言った。

神崎は今の電話の内容を話した。迫田が不思議そうに、

「誰なんだ、一体?」

「分らん。――あの声のごまかし方は、プロだな。男か女かも分らないようにしゃべってる」

「駐車場で待ってるって? 怪しいな」

と、迫田は首を振った。「〈ノラ〉の奴の罠《わな》じゃないのか」

「どうかな」

車は、大分病院に近付いている。神崎は迷っていた。

「――そうですか! どうもすみません」

と、皆川が言った。「これから、ちょっと顔を見に行こうと思うんですが。――ええ、

どうもすみません」

　皆川は電話を切って、

「いつもと変《かわ》りなく寝てるとさ」

「良かったな」

　と、神崎は言った。

「どうするんだ？」

　と、迫田が訊く。

「俺は、あの電話がこっち側だと思う」

　と、神崎は言った。「〈ノラ〉の奴は、俺が察するのを分ってたと思う。初めから、あの店の前にはいなかったんだ」

「すると……」

「俺たちが病院に駆けつけるだろうと読んでたんじゃないか。あの店の前より、病院の前の方が、こっちも用心していないだろう、と——」

「確かに、その通りだけどな。もし、奴が病院の前で待ってるとしたら？」

「うん……。おい、迫田、お前——」

　と、神崎は言った。

　病院の前に、タクシーが着いた。

ドアが開くのももどかしい様子で、皆川が飛び出すと、病院の中へと駆け込んで行く。

そしてもう一人……。料金を払うと、その男はタクシーから出て、階段を上《あが》って行った。

病院の〈夜間通用口〉の明《あか》りの下に、その男がさしかかる。——男はパッと身を伏せた。

同時に、暗い駐車場の一角から銃が赤い火を噴いた。通用口のドアの、針金を入れたガラスが砕けた。

表の通りに、明りを消して待っていた神崎の車が、猛然とエンジン音をたてて、突っ込んで来た。

ライトが駐車場を照らす。駐車中の車のかげに、黒いコート、ソフト帽をかぶった男の姿が浮かび上った。

神崎は、その男に向って、一直線に車を走らせた。

男が駆け出す。

伏せていた迫田が、起き上って、その男の方へと走り出していた。

神崎の車は、駐車場を突っ切って、逃げる男を追った。

男は、車と迫田、二つの方向から追われて、表の通りへと出るしかなかった。男にとっては不利だ。

広い場所へ出れば、神崎の車が自由に走り回って、男をひき殺すことができるからだ。

しかし、今は選択の余地がなかった。男は必死で走っていた。神崎の車が、タイヤを鋭くきしませて、カーブすると、男をさらに追い続ける。

男は広い通りへ出ると、左右を見た。他の車か、トラックでも走ってくれば——。

しかし、深夜だった。車のライトはどこにも見えない。

ソフト帽が落ちて転る。コートを翻して、男は走った。

神崎の車が、通りへ出て、向きを変え、何十メートルか先に、駆けて行くコート姿の男を捉《とら》えた。

「死ね！」

神崎が、アクセルを踏み込む。車は宙を飛ぶような勢いで、男の背後に迫った。

何秒とかからない内に、追いつき、タイヤの下で全身の骨を砕いてやれるはずだ。

振り向いて銃で撃つには、距離がなさすぎる。向《む》こうも分っている。

神崎はハンドルを握りしめた。右へ逃げようと、左へ飛ぼうと、瞬時に追えるように、全身の神経を集中した。

獣が一杯に爪《つめ》を出して、つかみかかろうとするように、車はたちまちコートの男へと接近した。

と——コートの男が、わきへ駆け寄った。ハンドルを切る。逃がすもんか！　車と塀の間で、サンドイッチになれ！

ボディが、金属に触れて、火花が飛んだ。——何だ？

神崎は、男のコートが宙へ舞うのを見た。

ブレーキを力一杯踏む。

美雪は目を覚ました。

電話が鳴っている。——いつの間にか、眠ってしまっていたのだ。

時計を見て、もう夜中の二時を回っているので、びっくりした。

あの人、まだ帰って来ないのかしら？

「——はい、神崎です。——あなた？」

「遅くなってすまん」

と、神崎の声がした。

「どうしたの？　待ってる内に、眠っちゃったわ」

と、美雪は目をこすった。

「ちょっと車が事故を起こしてね」

美雪はいっぺんに目が覚めてしまった。

「事故って——大丈夫なの？　けがしたの？」

「大丈夫。けがはしてない」

と、神崎は笑って、「車が大分傷ついてるがね」

「車なんかどうでもいいわよ。あなたは大丈夫なのね？　良かった！」

と、ため息をついて、「で……何か——人をはねたりしたの？」

「違うよ。車がガードレールにぶつかったんだ。ちょっとした不注意でね」

「まあ！　あなたらしくもないじゃない。気を付けてよ。今、どこなの？」

「知り合いの所だ。今、タクシーを呼んでもらってるから、それで帰る。心配しなくていい」

「分《わか》ったわ。ともかく、気を付けてね。待ってるから」

「寝てていいよ」

「起きてるわよ」

と、美雪は言った。「お邪魔でなきゃね」

神崎はちょっと笑って、

「じゃ、コーヒーを淹《い》れといてくれないか。一杯飲みたい」

と、言った。

「分ったわ」

美雪は少しうきうきしていた。――早速、台所へ行く。

事故なんて……。あの人が、珍しいわ。

美雪は、首を振りながら、コーヒーのフィルターペーパーを取り出した。


「――先に帰るよ」

と、神崎は言った。

「腕は大丈夫か？」

と、迫田が訊《き》いた。

「ああ、少し打っただけだ」

——病院の前で、二人は、タクシーの来るのを待っていた。

「じいさんは？」

と、神崎は言った。

「かみさんのそばに、もう少しいる、とさ」

「そうか」

神崎は肯《うなず》いた。「車を直すのに、大分かかりそうだ」

「惜しかったな」

と、迫田は首を振って、「もう少しで片付けられたのに」

「仕方ないさ。あそこが陸橋になっているとは思わなかった」

「〈ノラ〉の奴、運が強いな」

「しかし、あそこから、しかもとっさに飛び下りてるんだ」

と、神崎は言った。「けがぐらいはしてるよ。かなりの高さだぞ」

「うむ……。動けないほどじゃなかったにしてもな」

あいつは逃げた。陸橋から身を躍らせ、下の道から、姿を消したのだ。

神崎の車は、ガードレールで、ボディをこすって、大分見た目は悲惨なことになってしまったが、そう大きな被害はない。

「奴も少し用心するな」

と、迫田が言った。「俺たちを甘く見ちゃいけないってもんさ」

「全くだ」

タクシーが一台、やって来た。「じゃ、俺が先に使わせてもらうぜ」

「ああ。明日、どうする？」

「朝、連絡をくれ。会社の方に」

「分った」

神崎はタクシーに乗り込み、自宅までの道を説明すると、シートに身を委《ゆだ》ねて、目を閉じた。

――一体何年ぶりだろう、命をかけた「決闘」をしたのは。

疲れていたが、その疲労は同時に、ある種の興奮を伴っていた。忘れていた闘争本能が、血管を熱く巡っているようだった……。

一つ、気になっていたのは、〈ノラ〉の待ち伏せを知らせて来た電話だ。

あれは一体誰だったのだろう？

その「誰か」は、〈ノラ〉の行動を見ていたのに違いない。そして、神崎へ知らせて来た。

なぜ？　何のために？

しかも、その「誰か」は、神崎の車の電話番号を知っていたのだ。――不思議だった。

あの番号を知っているのは、限られた人間だけだというのに……。

美雪はもちろん知っている。その他には、迫田。そして、会社の重役の何人か、である。

しかし、その中の誰が、一体神崎を助けるあんな電話をかけてよこすだろうか？

少なくとも、その人間は、神崎が狙《ねら》われていることも知っているのだ。神崎の過去も……。


誰も知らないはずだ。——誰も。

神崎は、いつしか眠りに落ちた。

タクシーが家の前に着くと、ちょうど神崎は目が覚めた。

料金を払って、タクシーを出ると、

「あなた」

と、美雪が玄関から出て来るのが見えた。

「何だ。迎えに出てくれるのか？」

と、神崎は笑った。

「だって……。心配だったのよ。本当にけがしてないの？」

と、美雪は訊いた。

「少し左の腕を打っただけさ」

「痛い？」

「なに、放っときゃ治る」

と、神崎は、美雪の肩を抱いて、「コーヒーは?」

「もう、淹れてあるわ」

神崎は、タクシーの中の短い一眠りで、体力が回復しているのを感じて、自分でも驚いた。

美雪を今夜抱いてやることだって、できるかもしれない。

神崎は、美雪の肩を抱く手に、少し力をこめた。そして二人は玄関を入り、静かにドアを閉じた。

10　葬《とむら》い

靴音が聞こえると、それが近付くのに比例して鼓動が早まるようだった。

顔を上げるのが怖い。——気付かれないだろうか？

しかし、足音に気付かないふりをするのはあまりに不自然だ……。

「おはようございます」

と、永峰静江はニッコリ微笑んで言った。

「おはよう」

神崎はいつも通りの笑顔で応《こた》えた。「今日はタクシーで来た」

「お車はどうかなさったんですか」

「ゆうべ、ちょっとこすってね」

と、自分の椅子に腰をおろす。

「まあ、お珍しい」

「昼から、知人の葬式だ」

と、神崎は言った。

「こちらに、お香典の袋を」

と、静江は引出しから出して、神崎の机に置いた。

「ありがとう。——いやなもんだ、友だちが死ぬってのは」

「そうですね」

と、静江は、ほどほどの同感の意をこめて言うと、「午後のお出かけは？　ハイヤーを呼びますか」

「そうだな」

神崎は少し考えて、「そうしてくれ。十二時半にこのビルの前だ」

「かしこまりました」

静江はすぐに電話へ手を伸し、車の手配をした。それからワープロでプリントアウトした書類を持って、再び神崎の机の方へ行く。

「先週、おっしゃっておられた資料です。遅くなってすみません」

「ああ、そうか。頼んだのも忘れてた」

と、神崎はちょっと笑った。

「ご昼食はどうなさいますか。十二時半にお出かけでしたら、何か取っておきましょうか？」

「そうだな。いつかの天丼はやめよう」

神崎と静江は顔を見合わせ、一緒にふき出した。

「あれは専務がいけないんです。おいしいなんておっしゃるから」

「あいつの舌は信じちゃだめだ。あいつで当てになるのは計算能力だけさ」

「まあ」

「何でもいい。君に任せる」

と、神崎は立ち上って、「二つとってくれ。君にも食べてもらう。——味について責任を取ってもらわんとね」

ニヤッと笑って、神崎は足早に社長室を出て行った。

静江はホッと息をついた。——大丈夫だ。

神崎はいつもと少しの変《かわ》りもない。いや、いつも以上に、快活な様子だ。

静江は席に戻って、お昼に何を取るか、考え込んだ……。


一口食べて、神崎は顔を上げた。

静江は、神崎の反応をうかがった。——何だか、はた目にはおかしな光景だったろう。社長室で、机を挟んで二人して出前のメンチカツ定食を食べている、というのは……。

「——旨《うま》い」

と、神崎は肯《うなず》いた。「懐《なつか》しい味だ」

「ホッとしました」

と、静江も食べ始めた。

「いや、久しぶりだな、こんなものを食べたのは」

と、神崎はいかにも旨そうに首を振って言った。

「この辺じゃ、いつも満員で、有名なお店なんです」

「君たちにはかなわないね。隠れた店を実にうまく見付けて来る」

「おいしい店って、顔つきで分《わか》るんです」

と、静江は真面目くさった表情で言った。

「そうかもしれないな」

と、神崎は肯いた。

もう黒いスーツに着替えて、ブラックタイもしめている。

「もうお車が来てると思いますが」

と、静江は食べながらチラッと時計へ目をやった。

「永峰君」

「はい」

「君は、午後予定があるのか」

静江は、ちょっと戸惑った。

「予定といって、特に――」

「じゃ、一緒に来てくれないか」

「私もですか」

「そうだ」

 昨日は、同行の必要はないと言われている。しかし、だからと言って、拒むわけにはいかなかった。

「ではお供させていただきます」

と、静江は言った。「これを食べてしまってからでよろしいですか?」

「もちろんだ。君、黒のスーツを――」

「はい、ロッカーに入っています」

「じゃ、着替える時間も必要だろう。四十五分に出ることにしようか」

静江はお茶を一口飲んで、

「四十分で結構です」

と、言った。


ぴったり、十二時四十分に、静江はビルの正面玄関から黒いスーツ姿で出て来た。

神崎は先に乗っている。

「お待たせしてすみません」

と、静江は乗り込んで、言った。

「やってくれ」

神崎の言葉に、ハイヤーは滑らかに動き出した……。

車が走り出すと、神崎は腕を組んで目を閉じた。眠りたいのだろうか。——静江は声をかけるのを控えていた。

しかし、なぜ急に同行しろと言い出したのだろうか？　特別な意味はなく、ただの気紛《きまぐ》れなのか。

それとも……。それとも？

静江は、窓から外の光景を眺めた。

穏やかな日で、よく晴れていた。たいていお葬式というものは、ひどく暑いか、それとも寒いかで、こんな日には珍しい、という気がする。

むろん現実にはそんなこともないのだろう。ただ、「死」そのものが、どこか不条理なものだから、暑さと寒さの両極端の天候が、似合うような気がするのだ。

そう……。父のお葬式は、冬のさなかだった。雪が数日前に降って、道に沢山残っていた。

凍って、ひどく滑るので、怖かったのを、今でも静江はよく憶《おぼ》えている。もう二十年以上も前のことだ。

実際、客の中でも何人か転ぶ人がいて、お年寄りが一人、そのせいで骨を折り、二、三か月して亡くなったんだっけ。——本当に気の毒なことだったけど、同時にどことなくユーモラスでもある。

静江は十歳にやっとなったところで、父はまだ四十前だった。飲んだくれて、いつも酔って赤い目をしていた。静江を可愛がってはくれたが、酒くさい息と、酔うとしつこくなるのが、いやでたまらなかったものだ。

それでも我慢していたのは、父が静江を可愛がるのを、母が喜ぶからだった。少なくとも、静江を可愛がっている間は、父も母を殴らなかったし……。

父の死は、何ともみっともないものだった。外で酔って、他の誰かと殴り合い、その時は何ともなかったのに、家の玄関でバッタリ倒れた。ひどく内出血していた、そのショックで心臓をやられたのだ。

静江を抱えて、母は途方にくれていた。――そして、どこかへ働きに出るか出ないかで、母も倒れてしまった。

疲れ切って、生きることが何の喜びでもなくなっていたのだろう。生きたい、という気《き》持《もち》が、なかった。

ただ、早く眠りたい。早く休みたい、という思いだけが……。

母の入院は短く、夏のひどく暑い日に死んだ。静江は近所のおばさん――といっても、親類でも何でもない――の家にいて、黒い服を着せられるのがいやでたまらなかったものだ。

こんな暑い日に、どうしてこんな格好をするの？――もう十歳で、分ってはいたはずなのだが、静江は反抗したかったのだ。

勝手に先に死んでしまった父と、そして母の二人に、腹を立てていたのだ。悲しみではなく、怒りだけが、静江の中に燃えていた。

ぎらぎらした太陽と、ふき出す汗。――汗をかかないから、死んだ母を羨《うらや》ましいとさえ思った……。

「――そこを左へ行ってくれ」

神崎の声で、静江はハッと目を開けた。

「すみません」

と、静江は言った。「つい、ウトウトして……」

「いや、僕も眠ってたんだ。あと少しで着くだろう」

神崎は腕時計を見た。「充分に間に合う」

ハイヤーは団地の中へと入って行く。

「どの辺ですかね」

と、運転手が言った。

「集会所だ。たぶんバスターミナルの近くだと思う。そう聞いて来た」

「ちょっと訊《き》いてみます」

車をわきへ寄せ、運転手は近くの商店へと駆けて行った。

「――お友だちは、まだお若かったんですか」

と、静江は訊いた。

「うん」

と、神崎は肯《うなず》いた。「二十七だったよ、確か」

「まあ」

運転手が戻って来た。

「この先を回り込んだ所だそうです」

車が動き出すと、神崎が言った。

「近いんだろう」

「もう、その先だそうです」

「じゃ、その辺で停めてくれ」

「入れますよ、そばまで」

「団地にハイヤーは目立つ。そこから歩くよ」

「分りました」

四つ角の手前で、ハイヤーは停《とま》った。

「待っててくれ」

外へ出て、神崎は言った。「あっちらしいな。行こう」

静江は、神崎の後について、歩いて行った。

反対側から、焼香をすませたらしい奥さんたちが三、四人連れだって、やって来る。

「あそこに矢印が」

と、静江は言った。

神崎は、黙って足を進める。――団地の中は、歩道も幅が充分に広く、街路樹もきちんと並んでいる。その一本にもたれて、男が立っていた。

黒のスーツだから、葬式の客には違いないが、どこか普通の人間と違う雰囲気を持っている。その男は神崎を見ていた。

静江には、神崎もその男に気付いていることが分った。目を向けてはいないが、どこか、それと知れるものがある。

神崎は、その男の前を通り過ぎた。

静江は、その男が、自分の後からついて来ていることに気付いた。振り向いたりは、もちろんしない。ただ、直感的に分っていたのである。

集会所が見えた。団地の人がほとんどなのだろう。

谷沢佳子……。その名が、静江の目に飛び込んで来る。

公園で射殺された主婦だ。あの女が、神崎の「古い友人」？

静江は興奮を必死に押し隠した。

「ニュースで見ただろう」

と、神崎が少し手前で言った。「いきなり撃ち殺されたんだ」

「ええ……。じゃ、あの方が。そうなんですか」

「まだ小さいころから、知ってたんだがね」

と、神崎は首を振って言った。

静江は、神崎が記名するのを、そっと見ていた。――本名を書いている。

なぜだろう？　なぜ、こんな危いことを。

「君も焼香してやってくれるか」

と、神崎が言った。

「はい、もちろんです」

静江も記名して、集会所の入口から入る。

香の匂いがして、読経の声が聞こえていた。

正面の写真が、二人を迎えた。明るい笑顔の、美しい女性だ。

あの女は、神崎の何だったのか？　恋人だったのだろうか。

神崎は、足を止めたまま、写真を見つめて動かなかった。

その時――誰かが静江の方へとやって来た。

何気なく目を向けて、静江はハッとした。

顔見知りの刑事なのだ。気付いた時には、もう合図のしようもなかった。

「やあ、珍しいね」

と、その刑事が言った。

11　武器

一瞬、永峰静江は立ちすくんでしまった。

ベテランの婦人警官として、どんな状況でも、取り乱すことなく対応できる自信はあったし、事実、これまでもそうして来た。

しかし、この出来事だけは、あまりにも予想外だったのだ。

相手の刑事が声をかけて来たことを責めるわけにはいかない。向《むこ》うは静江が潜入捜査をしていることなど知るわけもないのだから。

どうしよう？　葬儀の客たちも、それが刑事だということは知っているはずで、その刑事が親しげに話しかけている相手には、つい目が行くだろう。

しかし、静江が迷っていたのは、ほんの二、三秒のことだった。

もちろん、誰か観察力のある人間ならば、「怪しい」と思うのに一秒も必要としないだろうが。

ともかく、神崎はもうその刑事の声を聞いて、振り向きかけていた。何とかしなくては！

「君も何か――」

と、その刑事が言いかける。

静江は一歩後ろに退《さ》がると、いきなり平手で刑事の頰《ほお》を力一杯打った。バシッと、大きな音がして、居合《いあわ》せた人たちみんながびっくりして振り返った。

刑事は、赤くなった頰を押えて、

「おい……」

「これが返事よ」

と、静江は言った。「二度と近付かないでと言ったでしょう」

静江がにらみつける。――お願い、分って、よ。

刑事は、ちょっと咳払《せきばら》いすると、

「いや……すまん」

と、目を伏せた。

通じたのだ。静江は、ゆっくりと息を吐き出した。刑事が足早に出て行く。

静江は、ふっと我に返ったようなふりをして、

「すみません、つい……」

と、頭を下げた。

「いや、いいんだ」

神崎は首を振って、「さあ、焼香しよう」

「はい……」

静江は、汗がにじみ出て来るのを感じた。――果して、神崎の目をごまかせただろうか？

少なくとも、谷沢佳子の遺影に向《むか》って手を合わせる神崎からは、何もうかがい知ることはできなかった。

静江も焼香して、二人は集会所から外へ出た。

静江は、自分たちの後からついて来ていた男が、入れ違いに、集会所へ入って行くのを目の隅で追っていた。あれは誰なのだろうか？

「すみません。取り乱して」

と、静江は詫《わ》びた。

「いや、なかなかの迫力だったよ」

と、神崎は言った。「別に事情は訊《き》かないからね」

「そうしていただけると、助かります」

静江は、何とか神崎の目はごまかせたらしい、と感じた。

課長に連絡しなくては。――神崎と谷沢佳子殺しの間に、どんな関連があるのだ。そして、あのもう一人の男は誰なのか。

だが……。静江は迷っていた。

もし、静江が、あんな突発事に気をとられていなかったら、神崎の様子が普通でないことに気付いていただろう。

「少し寂しいな」

と、神崎は言った。

「え？」

「いや、花が少ないと思ってね。――君、どこかこの近くの花屋を捜して、ここへ花を届けさせてくれないか」

「かしこまりました。社長はどうなさいますか」

「僕はこの辺にいる。一応出棺まで見送りたい」

「分りました」

静江は、受付をやっている女性の所へ行って花屋の場所を訊いた。歩いて十分ほどかかるという。

「――社長、車を使ってもよろしいですか」

「構わんよ」

「では、すぐに」

静江は、待たせてあるハイヤーの方へと、足早に歩いて行った……。

神崎は、さりげなく、集会所の前に立って話し込んでいる近所の人たちの間へ、紛れ込んだ。

もし、あいつがここへやって来ているとしても、ここなら狙撃《そげき》できないだろう。

迫田が、焼香をすませて出て来ると、左右を見回した。神崎を捜しているらしい。

神崎は、迫田が見付けるのを待った。もちろん、大して時間はかからなかった。

「――綾子は？」

と、迫田はそばへ来て言った。

「まだだな。記名がなかった」

「待ってるのか」

「見送るよ」

「そうだな。俺もそうしよう」

迫田は、神妙な感じに、両手を前に組んで、立っていた。「――あいつ、来ると思うか？」

「半々だな」

と、神崎は低い声で言った。「昨日の今日だ。けがでもしてりゃ、来られまい」

「油断はしない方がいい」

「もちろんだが……。こっちには武器もないしな」

「手近に、ないことはないぜ」

と、迫田は言った。

神崎はちょっと不思議そうに、

「何の話だ？」

「連れの女は？」

「秘書だ」

「もう長いのか」

「一年だな。有能だよ」

と、神崎は言って、「永峰君がどうかしたのか？」

「永峰っていうのか。さっき男をひっぱたいたろう」

「ああ」

「あの男、あっちの方にいる」

迫田の視線を追って行くと、確かに、さっきの男が、いやに離れた所で、ハンカチを頬に当てて立っている。

「よっぽど効いたらしいな」

と、神崎は笑った。

「刑事だぜ、あいつ」

神崎は、別に意外そうでもなく、

「やっぱりそうか。そんな気がしてた」

と、肯《うなず》いた。

「あの女の知り合いが刑事。気にならないのか？」

神崎は直接答えなかった。そして、

「知ってるか？　当節、有能な秘書ってのは、なかなかいないんだ」

と、言った。

「どこに行った？」

「花を買いにやってる」

「なるほど」

迫田は肯いた。「ところで――どうだ、俺のアイデアは？」

「危い橋だな」

と、神崎は首を振った。「昼間で、しかも団地だ。どこから見られているか分《わか》らん」

「俺に任せろ」

と、迫田は楽しげに言った。

「おい、待て。――手伝うよ」

神崎はため息をついて、迫田と一緒に歩き出した。


「――あなた、ここで待ってて」

と、安原綾子は車を出て、言った。

「一緒に行かなくていいのか？」

「ずっと行ってるわけじゃないから」

と、綾子は言った。「お焼香して、帰るわよ」

「そうだな。その方がいい」

安原は、「じゃ、車の中にいるよ」

と、妻の肩に、ショールをかけてやった。

「少しはかかるかもしれないわ。古いお友だちにでも会ったら」

「大丈夫。のんびり待ってるさ」

「じゃあね」

綾子は、歩き出した。

もちろん、本当なら夫にも一緒に行ってもらいたい。しかし、少しでも危険がある限り、そんなわけには、いかないのだ。

どこかから、この瞬間にも、〈ノラ〉が、綾子を狙っているかもしれないのだ……。

綾子は、油断なく、左右へ目をやりながら、歩いて行った。

怪しい車、似つかわしくない人間はいないか……。それはほとんど勘に頼るしかなかった。

もっとも、その勘も、大分さびついてしまったかもしれないが……。

集会所は、前にここへ来たことがあるので、知っていた。――ずいぶん大勢の人が集まっている。

佳子……。守ってやれなくて、ごめんね。

綾子は、気持を引きしめた。――つい、感傷的になって、警戒心が鈍りがちになる。

ちょっと戸惑ったのは、迫田と神崎が見当らないことだった。先に来ていると思ったのに。それとも、どこかに身をひそめているのだろうか？

記名して、中へ入ろうとすると、

「すみません」

と、女が一人、立派な盛花をかかえて受付へやって来た。「これを置かせていただいても……」

「どうぞ、お入り下さい」

「すみません。神崎です」

と、その女は言った。

綾子は、チラッとその女を見た。神崎の妻ではない。神崎の妻は見かけたことがある。

――たぶん、秘書か何かだろう。

では、神崎は来ていないのだろうか？

記名した名前を辿《たど》って、綾子は、神崎と迫田の名を見た。神崎の次には、〈永峰静江〉とある。

綾子は、中へ入った……。

静江が花を中に置いて、集会所の外へ出ると、神崎が歩いて来るのが目に入った。

「やあ、早かったね」

「今、中へ置かせていただきました」

「良かった。じゃ、見ておくよ」

神崎は走って来たのか、少し息を弾ませている。

「では、私、その辺りで待たせていただきます」

「うん。もうそんなに時間はかからないだろう」

神崎が中へ入って行く。静江は表で立っていたが……。

あの、もう一人の男が、木かげに身を隠すようにして立っていることに、静江は気付いた。こっちを見ている。

静江が見ていると知って、目をそらしたが、確かに、静江の方を見ていた。

あまり気にしないことにしよう。あの顔をよく憶《おぼ》えておけば、何かの資料で、調べられるだろう。

静江はしばらく、じっと立っていたが――。

ふと、気付いた。さっき静江がひっぱたいてしまったあの刑事は、どこにいるんだろう?

――集会所の中で、神崎は綾子に出くわした。

「今来たのよ」

と、綾子は顔をしかめて、「どこに行ってたのよ」

「すまん。しかし、たぶん奴は今日来ないと思う」

「どうして？」

神崎は、ゆうべの出来事を、手短に話してやった。もちろん、囁《ささや》くような声で、である。

「まあ」

と、綾子は目を見開いて、「私も居合せたかったわ」

「その体で、カーチェイスをやるつもりかい？」

「悪い？　佳子のためなら、決闘だって、やってやるわよ」

綾子は、正面の、佳子の笑顔を見やった。

「――武器は手に入ったの？」

「ついさっきね」

「さっき？」

「刑事が来てたんでね。拳銃《けんじゅう》をちょうだいした」

「呆《あき》れた」

「刑事は、スーパーの裏のゴミ置場で眠ってるよ」

「見られなかった？」

「抜かりはないさ」

二人の目が合った。「仲間」同士の視線だった――。

12 上司

「荒木《あらき》さん。──荒木さん」

呼ばれて、ルミはふっと手を止め、

「すみません、気が付かなくて」

と、振り向いた。「何か間違ってましたか？」

課長──といっても四十代半ばの、太った「おばさん」である──が笑いながら、

「そうじゃないの。もう五時過ぎてるわよ」

と、言った。

「あ。──すみません、うっかりしてて」

ルミは赤面した。「あの……もう帰っても構わないんでしょうか」

「ええ、もちろん。みんな五時には帰っちゃうの。私もね」

と、課長は、いたずらっぽく付け加えた。「この会社じゃ、女性の辞書に『残業』って言葉はないのよ」

「分りました」

ルミも微笑んで、やりかけの仕事を、そのまま引出しの中へしまい込んだ。

気が付いてみると、周りの席にも、誰もいなくなっている！　たぶん五分前には片付けて、五時になると同時に社を出てしまうのだろう。

「課長さんは、出られないんですか」

「あと十分ぐらいすると、亭主が車で迎えに来てくれるのよ。どうぞ、先に帰って」

「じゃ、お先に失礼します」

「ご苦労様。初めから、あんまり根をつめてやらなくていいのよ」

「どうも……」

ルミは照れていた。

まるで、学校出たての女の子みたい、と自分でも思うのだが、何だかやけに一生懸命、働いてしまった。昨日から勤め始めたばかりの、本当に小さな、社員数二十人ほどの会社なのだが、雰囲気は温かいし、のんびりしているし、人間関係の面倒さとも無縁のようだった。

朝九時から夕方五時まで、という勤め。それまでのルミの生活パターンを、ほとんど逆転させなくては、とてもこんなこと、不可能だったろう。

小さなロッカールームで、事務服を脱ぎ、着替える。

勤めているのは、みんな主婦ばかりで、派手な格好とも縁がない。ほとんど普段着で来られる感じだった。アパートから、歩いて十五分ほどの距離である。

帰りには、ちょうどスーパーの前を通るので、夕食のおかずを買って行こう。一人きりの夕食も侘《わび》しいが、落ち込んでいたら、ますます気力を失うばかりだ。

かなりオンボロのビルを出て、ルミは足早に歩き出した。——自分でも信じられないくらい、体が軽い。

ルミは、生き返った自分を感じていた。

あの、名を名乗らなかった、不思議な男のおかげだ。——身投げしようとしていたルミに声をかけ、思い止《とど》まらせ、何か不思議な力で、ルミに「生きよう」と願う「意志」を呼びさましてくれた……。

そのつもりで捜したら、こんな近くに、給料は安いけど、楽しい職場も見付けられた。

本当に、人間って、その気になれば、やり直せるんだわ……。

ルミの足取りは軽かった。スーパーでの買物も楽しい。今夜は何を食べようかな……。

一人じゃ食べ切れないくらい、色んなものを買い込んで、ルミはアパートまで帰って来た。部屋は二階だ。

下の郵便受を覗《のぞ》く。もちろん、何も入っているわけがないのだ。

階段を上ろうとして——。

誰か、人の気配を感じた。足を止め、振り向く。

少し暗がりになった辺りから、

「やあ……」

と、聞き憶えのある声がした。

「あら。——あなたなの?」

ルミは、声のした方へと歩いて行った。

「君が通るかと思ってね」

「まあ……。勝手に入っててくれても、って……鍵《かぎ》がかかってるものね」

と、ルミは弾む声で言った。「良かったわ。お礼が言いたかったの、この間の。新しい仕事を見付けたのよ。昨日から勤めてるの」

「そりゃ良かった」

「凄《すご》く楽しくて、ワクワクしてるの。何だか十年も若返ったみたいだわ」

と、つい声が大きくなって、「いけない。——ね、夕ご飯、食べて行って。沢山買い込んじゃって、どうしようかと思ってたのよ」

「迷惑じゃないかな」

「そんなこと、全然……。どうかしたの?」

ルミは、その時になって、初めて男が少し青白い顔をして、辛《つら》そうにしているのに気付いた。

「ちょっとね……。足を痛めて」

「まあ! 早く言ってくれりゃいいのに。歩ける?」

「少し辛いね」

「じゃ……。待ってて、この荷物、置いて来るから！」

ルミは急いで二階へ上り、鍵をあけて、買物の袋を置くと、すぐに男の所へと戻った。

「さ、つかまって。——私の肩に腕を回して……。大丈夫？」

「何とかね」

「階段を上らなきゃいけないけど……。痛む？」

男が必死で痛みをこらえているのが、ルミには分《わか》った。ルミは懸命に男の体重を支えて、階段を上って行った。

何とか部屋へ辿《たど》りつくと、男を畳の上に寝かせ、

「すぐ布団敷くから」

「いや……。休めば大丈夫。長居はしないから」

と、男は言った。

しかし、明《あか》りを点《つ》けてみると、男の顔には一杯に汗が浮かんでいる。ただごとではなかった。

「足、見せて。どの辺が？」

「左の足首をね……。折れちゃいないと思うんだが」

ズボンをたくし上げて、ルミは思わず声を上げるところだった。

「こんなにはれ上《あが》って！　紫色になってるじゃないの！　医者へ行かなきゃだめよ」

「なに……。少し横になってれば」

「だめ」

ルミはパッと立ち上ると、「今度は、あなたが私の言うことを聞く番よ」

と言って、電話へと駆け寄る。

「タクシーを呼ぶから。とてもその足じゃ歩いて行けない。——もしもし?」

ルミは、アパートの場所を説明し、配車の手配を待っている間に、男の方を見て、

「あなた、名前を聞かせてくれなかったわ」

と、言った。

男は、横になって、片肘《かたひじ》をついて半身だけ起き上った格好で、ルミを見ていたが、

「——僕のことは、〈ノラ〉と呼んでくれ」

と、言った。

「ノラ?」

「〈人形の家〉とは関係ないがね。〈野良犬〉の〈ノラ〉かな」

「ノラ、ね……」

「僕のことは、できるだけ黙っていてくれ」

「どうして?」

「君の安全のためだ」

ルミは、男の真剣な口調に、少しハッとした。冗談でも何でもない。言葉通りの意味なのだ。

「――はい、そうです」

タクシーは、五、六分でアパートの前に来る、と相手は言った。

静江は、いつも夕食をとる、〈家庭料理〉を売りものにしたレストランに入り、奥まった席について、息を吐き出した。

「――定食を」

改めて頼むこともないくらい、いつも定食を頼んでいた。安上りだし、日替りで、栄養のバランスもいい。

もちろん、ここに来始めたのは、〈秘書、永峰静江〉としてであった。

「どうぞ」

熱いお茶が来て、静江は一気に三分の二ほども飲み干した。少し目をむくほどの熱さが、却《かえ》って快感である。

「夕刊、お読みになります？」

店の女主人が、夕刊を置いて行ってくれた。

格別、読みたかったわけじゃないが、せっかくなので、ページを開けて、芸能や音楽の記事を眺める。社会面を見る気には、なれなかった。

誰かが、向い合った席に座ったので、静江はびっくりした。

「――課長」

「いつもここだろ」

静江の上司である、佐山《さやま》警視はニヤリと笑った。

少し頭が薄くなりかけているが、その点を除けば、佐山は若く見える。実際には五十を越えているが、見た目は四十そこそこだ。

「どうしたんですか」

と、静江が言った。

「君から連絡がなかったから、心配になったのさ」

「今日はどうしても……。明日、ご連絡するつもりでした」

「結構だ。ともかく、君のことは、すべて俺の責任だからな。気になるのさ」

しかし、危険ではあった。もし、神崎が、静江のことを怪しんで、誰かに見張らせていたとしたら、佐山と会ったりするのは、命取りだ。

佐山が、それを知らないわけはない。――佐山は、決《き》まりや習慣にうるさい男である。

このところ、静江が必ずしも決めた時間に連絡していないので、佐山は面白くないはずだ。

もちろん、潜入捜査であるからには、思いがけない出来事もあるわけで、そういつも決めた通りに連絡できるものではないのは、佐山も承知である。しかし、そこが性格というもので、頭で分っていても、それで納得してしまえないのである。

「今日、友人の葬儀というのに、同行しろと言われました」

と、静江は言った。「――課長、何か召し上りますか」

「いや、俺はいらん」

「でも、妙に見られます。よく来る店ですし……」

「さっき食ったばかりだ。――おい、お茶をくれ」

静江は少し苛立《いらだ》った。部下のことを心配していると言いながら、こんな店に入って、何も注文しない。店の人間に、良くない印象を与えてしまうだろう。

「それで？　友人ってのは？」

静江は少しわざとらしく、周囲の目を気にするふりをした。

「――この間、公園で射殺された、谷沢佳子です」

その名を聞いて、佐山は眉《まゆ》を上げた。関心を持っていることは間違いない。

「その時、もう一人男が……。親しいようでしたが、名前は分りません」

「谷沢佳子か……。すると、今日の葬儀に、神崎が出ていたんだな」

お茶が来て、佐山はゆっくりと一口すすった。

「――安物だな」

と、顔をしかめる。

店の女主人に聞こえたのではないか、と、静江は気が気でなかった。

葬儀で、刑事に声をかけられたことを、話そうかどうしようかと、迷っていると、

「面白いニュースがあったよ」

と、佐山は言った。

「何ですか?」

「谷沢佳子の葬儀に刑事が行っていた」

静江はドキッとした。佐山が、もう知っているのかと思ったのだ。

「その刑事が、殴られて、拳銃《けんじゅう》を奪われた」

静江は面食らった。

「じゃ……」

「地元の不良のしわざと見ているらしい。しかし、神崎が行ってたとなるとな。——話は違って来る」

「それは——いつ?」

「告別式が終りかけて、出棺を待っている時だそうだ」

静江は、花を買いに行って戻った時、神崎が息を弾ませてやって来たのを、思い出した。

「その刑事は犯人を……」

「見ていない」

と、佐山は首を振った。「いきなり頭に布をかぶせられて殴られて、アッという間だったらしい。相当慣れた奴だ」

「神崎が——」

「そうだろうな。奴が、何かの理由で、拳銃を必要としている、というわけだ」

静江は定食が来ると、いつも以上に愛想良く、

「ありがとう」

と、女主人に微笑みかけた。

13　問い

静江が食事をしている間、佐山は何やら考え込んでいた。

いや、考え込んでいるというよりは、ぼんやりともの思いに耽《ふけ》っていると言った方が正確だったのかもしれない。食べながら、静江がそっと自分の方を眺めているのにも、佐山は全く気付かない様子だった。

何だか、こっちが尋問されてる容疑者で、佐山が刑事って感じだ、と静江は思った。厳しい尋問の間に、容疑者に丼《どんぶり》ものを取って、食べさせてやったりする。ちょうど、そんな光景を連想したのである。

佐山がスッと席を立って、店の中の公衆電話へと歩いて行った。十円玉でしかかけられないので、ブツブツ言いながら小銭入れを取り出している。

静江は少しホッとして、食事に専念した。

考えてみれば、奇妙である。――確かに、神崎には暗い過去があって、いくつかの大きな犯罪に係《かかわ》り合っていたらしいと思われている。

しかし、今や神崎は成功した実業家の一人で、直接には警察も手を出すことができない。

そのために、佐山は、静江を神崎の所へ潜り込ませたのだ。

だが——佐山が神崎の尻尾《しっぽ》をつかむことに、なぜこれほどやっきになっているのか、静江は知らない。ともかく、神崎の秘書になったころの静江は、佐山の命令を何の疑問も抱かずに実行するだけで、またそれが本来の警官のあり方だと考えていたのである。

一年たって、今……。静江は初めて心の中に、ある疑問がわくのを——なぜ、佐山がこれほどまでに、神崎のことにこだわっているのか、と、いぶかしく思えて来たのだった。

いや、そんなことまで考える必要はないのだ、とも思う。自分は佐山の部下であり、言われた任務を、果《は》たしていればいいのだ、とも……。

「——なかなか面白いことになりそうだ」

と、席に戻って来て、佐山は言った。

「何のことですか」

「谷沢佳子の過去を、徹底的に洗うことにした。どこかで神崎との接点が見付かるはずだからな」

佐山は、ぬるくなったお茶を一口飲んで、ちょっと顔をしかめると、「連絡しろよ」と言って、立ち上った。

「できるだけは」

と、静江は座ったまま言った。

佐山が店を出て行く。

静江は、食べる手を休めて、じっと身じろぎもしなかった。——変《かわ》ってしまった。何もかもが。いや、変ったのは自分で、そのために周囲のすべてが変って見えるのだと言うべきだろう。

何年間も、静江は佐山に忠実な部下として仕えて来た。それは正に「仕える」という言い方がぴったりで、職場の同僚たちの間では、静江は孤立した存在にすらなってしまっていたのだ。

佐山と「親密な仲」だという噂《うわさ》も広まって、静江自身、否定もしなかったために、誰もがそう思っていた。誘われれば拒まなかっただろうが、佐山はそこまで静江の中へ立ち入って来なかった。

だが、今——もし、今、佐山に誘われても、静江はついて行かないだろう。変ってしまったのだ。何もかも……。

「お茶入れかえましょうか」

店の女主人に言われて、静江はふっと我に返ると、

「ありがとう。お願いします」

と、肯《うなず》いて、言った。

「——どうですか」

と、ルミは、少し眠そうな目をした医師に訊《き》いた。

「今のところ、眠ってますね。痛み止めが効いて」

と、医師は言った。「今夜はこのまま眠らせて……。明日はもう帰れるでしょ」

「どうもありがとうございました」

と、ルミは頭を下げた。

「いやいや。しかし、我慢強いんだな。さぞ痛んだと思いますよ」

医師は、サンダルの音をたてて、歩いて行った。

──〈ノラ〉という男を連れて来たこの個人病院で、ルミはもう三時間以上座っていた。

結局、ノラは一日だけ入院して、様子をみることになり、ルミも却《かえ》ってホッとしたのだった。

入院患者は同室にはいなくて、ルミは気がねなく、ノラのそばにいられた。

ただ──この男は一体どこに住んでいるんだろう？　家族はいるのか。それとも、一人で仮住《かりずま》いなのか。

ルミは、しばらく薄暗い病室の中で、ノラの寝息を聞いていたが、やがてそっと立ち上ると、ハンガーにかけた上衣《うわぎ》のポケットを探ってみた。

キーが出て来た。明《あか》りの下へ持って行ってみると、どこかのホテルのキーだ。ホテルの名前は、聞いたことのない名だった。

ここの部屋を借りているとして……。いつまで借りているのだろう？　もし、明朝にチェックアウトのつもりなら、まずいことになる。

ルミは、行ってみようと決心した。ノラはぐっすり眠っていて、たぶん目を覚ますことはないだろう。

それでも、あまり物音をたてないよう、気を付けながら、ルミは病室を出た。

ホテルの電話番号を番号案内で聞き、場所を調べた。――そう遠くというわけではない。

ルミは、地下鉄を乗り継いで、ホテルへと向《むか》った。

着いてみると、深夜TVのCFか何かで見たことのある、ビジネスホテルだった。フロントにも人がいなくて、〈ご用の方はベルを鳴らして下さい〉とある。

ルミは、キーを手に、彼の部屋へと上《あが》って行った。

誰か一緒にいるのだろうか？　いや、それなら、きっとノラがそう言うだろう。

ドアを開ける時は、ちょっとドキドキしたが、中に人の気配はなかった。明りが消え、カーテンが開けたままで、ノラが昼間出てから、それきりなのだろう。

明りを点《つ》けて、大して広くもない部屋の中を見回す。

よく片付いていて、持物《もちもの》らしいものはトランク一つ。戸棚を開けると、スーツが一着かかっているだけだった。

どうせ今夜は病院だし、明日はアパートへ来てもらえばいい。ルミは、トランクをベッドの上に置いて、蓋《ふた》を開けた。

背広をたたんで、トランクの中へしまい込もうとして……。手が何か固いものに触れた。布でくるんだ、何だか重たいものだ。

開いてみて、そこに拳銃《けんじゅう》を見付けた時も、ルミは大してびっくりしなかった。あの男が何者でも――たとえ泥棒や人殺しでも、ルミの心は決っていた。拳銃は自分のバッグへしまい、ルミはトランクを閉めた。

静江は、小さなマンションの中へと重い足取りで入って行った。

ひどく疲れている。――体力的には、別に力仕事をしたわけでもないのだが、精神的に参っていた。

そしてその疲れは、神崎の前で、刑事という身分を隠しているせいでなく、逆に、本来の上司の前で、自分を隠しているせいだったのである。

三階まで、階段を上るのが、ひどく面倒くさい。このままどこかへ行ってしまえるのなら、そうしたかった。

早く……早く部屋へ入って、熱い風呂《ふろ》に入り、死んだように眠りたい。

こんな気分になることは、珍しかった。

玄関の鍵《かぎ》をあけ、ドアを開けた。もちろん中は暗くて、ひんやりと涼しい……。

突然、静江は緊張した。――誰かが中にいる。

左手で明りのスイッチを探り、カチッと押したが、明《あか》りは点かなかった。おそらく、ブレーカーを切ってあるのだ。

静江は迷った。まだ玄関に立っているのだ。ドアを開けて、廊下へ出るのが一番である。

しかし、相手は逃げてしまうだろう。戦うといっても、武器はない。

ただの空巣か？　それとも、静江のことを知っている人間か。

いつもの静江なら迷わなかったろう。しかし、静江は知りたかったのだ。一体誰が中にいるのか。

いきなり、まぶしい光が正面から静江の顔に当った。

「動くなよ」

と、男の声がした。「こっちには銃がある。死にたくなきゃ、静かに上って来い」

低い、落ちついた声だった。普通の空巣でないことは確かだ。

静江は言われる通り、靴を脱いで、上った。

「寝室へ行け」

と、男は言った。

かすかに、大柄な男の輪郭が見える。

「行け。妙な真似はするな」

逆らえば殺す。その男は、何のためらいもなく、やるだろう。

静江には分《わか》った。相手はプロだ。

言われるままに、寝室へと歩いて行く。もちろん、小さなマンションで、歩くほどの廊下もないのだが。

男の持つ明りが背中から照らして、静江は自分の影に導かれるように寝室へと入って行った。

「お金ならバッグの中よ」

「黙ってろ」

と、男は言った。

静江は、恐怖を感じた。強盗でも空巣でも当人たちはびくびくして、汗をたらたらと流しているものなのだ。しかしこの男は違う。

寝室は、小さなベッドと、洋服ダンスだけで半分以上を占めている。

「ベッドに上って、うつ伏せになれ」

と、男が命令した。

言われる通りにするしかない。

うつ伏せに寝ると、首のつけ根に、冷たいものが食い込むように押し当てられた。銃口だ。

「両手を広げろ」

静江は体が震え出すのを止められなかった。

——男は驚くばかりの手早さで、ベッドの四方の足と、静江の手首足首を縄で結びつけた。

犯されるのだろうか？　その挙句《あげく》に頭を吹っ飛ばされている自分の姿を想像して、静江は目をつぶった。

柔らかい枕を、男は静江の顔の下に押し込んだ。

「枕に顔を押し付けろ」

と、男は言った。

言われた通りにすると、男は凄《すご》い力で、静江の顔を枕にぐいぐいと押し付けた。鼻も口も、完全にふさがれて、呼吸ができない。

苦しくなって来た。何とか頭を左右に振ろうとするが、とても無理だった。手足を縛った縄は、いくら引いても全く緩むことがない。

このまま……死ぬのかしら？

必死で身をよじったが、頭を押さえつける男の力には、とてもかなわなかった。

突然、男が手を離した。顔を上げ、静江は激しく息をした。

「今ので一分だ」

と、男が言った。「次は二分だぞ」

「やめて……」

と、激しい呼吸の合間に、静江はやっと言った。「何がほしいの……」

「お前は何者だ？」

と、男が言った。

「私……私は……秘書よ」

「そうか」

男が体重をかけて、再び静江の顔を枕の中へ埋め込んだ。

肺が空気を求めて喘《あえ》ぐ。叫びにならない叫びが、静江の喉《のど》を震わせた。

「――さあ」

男が手を離した。「次は三分だぞ」

静江は、自分の喉が木枯《こがら》しのように鳴る音を聞いた。

「もう一度訊《き》く。同じ質問だ。お前は何者なんだ？」

静江は、男が誰なのか、分った。今日の葬儀で、神崎を見ていた男だ。直感だったが、おそらく正しいだろう。

あの刑事が静江に話しかけたのを見て、怪しいと思ったのに違いない。

しかし――刑事だと言っても、殺されるだろう。

「答えろ」

銃口が、静江の目の前に突きつけられた。

14　告白

「送らなくていいよ」

と、安原兼一は寝室を覗《のぞ》き込んで、声をかけた。

「もう時間？」

綾子は、ベッドに起き上った。「まだ早いんじゃないの？」

「途中で、病院に寄って行きたいんだ」

安原はスーツケースを手にしていた。「寝てろよ」

「いいわよ。玄関ぐらいまではお見送りするわ」

と、綾子はベッドから出て、ネグリジェの上にカーディガンをはおった。

「気を付けろよ」

階段を下りながら、安原は言った。「三日で帰るからな」

「京都でしょ？　せっかくだから、少し見物して来ればいいのに」

「面白くもないさ。修学旅行じゃあるまいし」

安原は、都内の私立大学病院に勤める医師である。学会があるので、今日から出かけることになっていた。

「タクシーは？」

と、綾子は訊いた。

「呼んだ。もう、表で待ってるよ」

安原は靴をはくと、「じゃ、行って来る」

「あなた。――キスして行ってよ」

安原はちょっと笑って、綾子の唇に軽くキスすると、玄関のドアを開けて、出て行った。

綾子は、ドアを細く開け、夫がタクシーに乗り込み、タクシーが走り去るのを見届けてから、ドアを閉めた。鍵《かぎ》はもちろん、チェーンをかけ、それから台所へ行って、いつも夫がいる時には切ってある、セキュリティシステムのスイッチを入れた。

綾子が中で解除しない限り、ドアや窓が開けば、家中に警報が鳴り響き、同時に警備会社に通報される。――もちろん、本当のプロを相手にした場合、こんなシステムは大して役に立たないのだが、それでも、忍び込もうとする人間が神経を使うことは、多いほどいいのだ。

朝、九時を少し回ったところだ。――夫が十時過ぎに出かけると思っていたので、のんびり寝ていたのだが、本当はちゃんと起きて、一緒に朝食を食べるつもりだった。

いささか、肩すかしを食わされた感じで、綾子はダイニングへ行って、冷蔵庫の冷たいジュースを少し飲んだ。――夫が出かけてしまっては、こんなに早く起きても仕方ない。

またベッドに入っていようか。少し寝不足の綾子は欠伸《あくび》をした。

いや——そんな呑気《のんき》なことを言ってはいられない。

〈ノラ〉はまだ生きているのだ。おそらく、負傷しているとはいっても、すぐに回復する程度のけがかもしれない。

今の内に、こっちが〈ノラ〉を見付けることができたら。——しかし、どこを当《あた》ればいいだろう？

綾子は、二階へ上ると、自分のこまごました通帳や手紙をしまった戸棚を開け、古い手紙を見付け出した。

「——分《わか》るといいけど」

ベッドに腰をかけて、電話をかけようとすると、急に電話が鳴り出して、びっくりする。

「——はい、安原です」

「僕だよ」

「あなた、どうしたの？」

「ベッドのわきのテーブル、見てくれないか。僕のメモ帳、置いてないかな」

「え？——青いやつ？　あるわよ」

「畜生！　忘れちゃったんだ。それがないと京都で困っちゃうんだよ」

「じゃあ……東京駅に届けてあげる」

と、綾子は言った。「列車は、予定通りでしょ？」

「うん……。しかし、そんなこと頼んじゃ――」

「車で行くだけよ。大丈夫」

「分った。じゃ、ホームで待ってる。すまないけど」

「どういたしまして」

綾子は、心が弾んでいた。ほとんど、うきうきしている、と言ってもいいくらいだ。

我ながら、意外だった。こんなにも、夫を愛するようになろうとは……。

夫は、もちろん綾子の過去を知らない。綾子は、安原のことを夢中で愛したわけではなかった。それでいて……今は、本当に幸せなのだ。

この幸せを、守るのだ。

綾子は、頭をすっきりさせるために、シャワーを浴びることにして、ネグリジェを脱いだ。――寝室に付属のシャワールームに入ると、鏡に映った体を眺める。

まだ、お腹《なか》はそう目立たない。それでも、中に眠る生命を目覚めさせるのが怖いような思いで、そっと手を当ててみると、不思議な感動が、綾子の胸をしめつけて来る。

守るのだ。――この幸せを。

綾子はシャワーの栓をひねった。


「おかしいな」

と、神崎は呟《つぶや》いて、受話器を置いた。

朝から、一向に仕事の能率は上らなかった。——永峰静江が休んでいるのである。

いや、休み、と予《あらかじ》め分っているのなら、神崎もさほど心配しない。静江は、何の連絡も入れて来ていなかった。

今までに、こんなことは一度もなかった。たとえ急用ができたとしても、静江は必ず連絡を入れて来るだろう。

「——社長」

と、ドアが開いて、専務が顔を出す。「会議の時間ですが」

「分った」

神崎は、立ち上《あが》ったが……。「今日は中止にしてくれ」

「は?」

「明日、同じ時間にする。そう言ってくれ」

「分りました」

神崎の言葉には、誰も逆らいはしない。

「出かけて来る」

神崎は社長室を足早に出た。

受付の女性が面食らうような、ほとんど走っているような足取りで、神崎はビルを出ると、タクシーを停めた。

——何でもないことかもしれない。

静江も女である。男とどこかに泊って、時のたつのを忘れることだって、あるだろう。

むしろ、そうであってくれたら、神崎はホッとしたに違いない。

静江のマンションの、大まかな場所しか知らなかったので、タクシーを降りてから少し歩き回ってしまった。

見付けた時には、すっかり汗をかいている。

下の郵便受で、三階の部屋だと確かめると、急いで階段を上った。

——〈永峰〉という表札は、律儀な文字の手書きだった。

チャイムを鳴らし、しばらく待ってみた。——更に、三回、鳴らした。

留守か。——しかし、神崎は直感を信じることにした。

後で厄介なことになるかもしれないが、ともかく中へ入ろう。

ポケットから小型のナイフを取り出した。薄刃の、細い糸のこと、自由に曲《まが》る針金が組み込んである。かつて、よく使った道具だ。

大して精密な鍵ではない。二、三分であけられた。

ちょっと左右を見てから、ドアを開け、中に入る。——カーテンは引いたままで、薄暗かった。

「永峰君」

と、神崎は呼んだ。「——僕だ。神崎だ。上るよ」

そう広い部屋ではない。神崎は、人の気配を感じ取っていた。空っぽではない。誰かがいる……。

　リビングを兼ねたダイニングキッチンを覗《のぞ》き、別に荒らされていないのを確かめると、神崎は寝室の方へと歩いて行った。

　ドアは細く開いていた。——手が見えた。ベッドの上に、誰かが寝ている。手首をつなぐ縄が目に入る。

　神崎は体を低くして、ドアを一気に開け放った。

　部屋には、静江以外、誰もいなかった。

「永峰君」

　神崎は駆け寄って、かぶせてある毛布をはいだ。——手足をベッドの足につながれてうつ伏せのまま、服は引きちぎられて、床に投げ捨てられている。

　神崎は、ちょっと顔をしかめると、ナイフで、素早く縄を切った。静江の裸身は冷え切っている。

　殺されたのか？——手首をとって、神崎はホッとした。

　意識を失ってはいるが、脈はしっかりと打っている。

　神崎は、切った縄を拾い上げた。——結び目はいかにも手慣れて、確実だ。

　神崎には分った。いや、おそらく、静江の身が心配だったのは、無意識の内にこういう事態を予測していたからだろう。

　迫田の奴！

神崎は、その縄を投げ出した。

「すみません……」

静江は、かすれた声で言った。

「さあ、飲んで」

レモンを絞って、熱いお湯で薄めてある。――静江は一口飲んで、顔をしかめた。

「――酸っぱい」

「そりゃそうさ。しかし、すっきりするんだよ」

静江は、肯《うなず》いた。まだ、話ができるほど回復していない。

「災難だったね」

と、神崎は言った。「警察へ届けるか」

静江は、強く首を振った。

「いいんです……」

「しかし――」

「届けても仕方ありません」

静江の声は震えた。

「君がそう言うのなら……」

「ご存知でしょう」

静江は、神崎から目をそらしながら、言った。「私は婦人警官です」

神崎は、表情一つ変えなかった。

「そうかもしれない、とは思っていたよ」

静江は、深く息をついて、

「このまま殺したらいかがですか、ゆうべの犯人がやったと思われるでしょう……」

「馬鹿を言うな」

と、神崎は首を振って、「君はよく働いてくれた。たとえ君が刑事でも、その点は変《かわ》らない」

「私……でも……騙《だま》してました。あなたを」

静江は、両手で顔を覆った。

「君の任務だろう、それが。仕方がないさ」

神崎はことさら気楽な調子で、「しかし、どうして俺の所へ？」

「よく分《わか》りません……。上からの命令で」

「君の上司？」

「佐山警視です」

神崎の顔に驚きの色が浮かんだ。静江は、

「ご存知ですね」

と、言った。「何かあったんですか」

「ああ……。昔の話だがね」

神崎は立ち上って、ゆっくりとリビングの中を歩き回った。――そして、立ち止まると、

「なぜ僕に話すんだ?」

「分りません……。ただ……これ以上、任務を果せそうもないので」

「永峰君」

と、神崎は静江の肩に手をかけ、「君じゃなかったのか、僕に病院での待ち伏せを知らせてくれたのは」

静江の頰《ほお》が、赤く染《そま》った。

「やっぱりそうか。車の電話を知ってる人間は少ないからね」

「私……何とかしなきゃ、と思って、夢中だったんです。あなたを尾行して、皆川という男のことを知りました。皆川が病院で、あの男と会ったのを、見ていたんです。知らせて良かったのかどうか、苦しみました」

「だが君は僕を助けてくれた」

静江が顔を上げた。涙が光っている。

「そうせずにはいられなかったんです……。心配で……あなたのことが……」

こらえ切れなくなったように、静江は泣き出した。張りつめていたものが、一気に崩れて、神崎の胸に、倒れるようにもたれかかると、すがりついて、泣いた。

神崎は、静江の肩をそっと抱いてやりながら、新しく現われて来た、もう一つの名前を、

口の中で呟《つぶや》いていた。
佐山……。あいつか！

15　男と女

「さあ、飲んで」

と、神崎は、静江のグラスにワインを注《つ》いだ。

「でも、もう充分です」

「いいから。今夜は酔って、ぐっすり眠るんだ」

神崎の言い方は、きっぱりしていたが、押し付けがましくなくて、穏やかだった。

――神崎が静江のマンションへ行ってから、すでに五、六時間がたっていた。

夕方になり、神崎は静江にシャワーを浴びて、服を着るように言ったのである。

そして、このレストランへ連れて来た。

小さな、古い屋敷をレストランに改造してあって、テーブルが五つあるだけの、家庭的なぬくもりを感じさせる店だ。

何も訊《き》かずに、食事をしよう。――神崎のその言葉に、静江は従うことにしたのである。

「――味は？」

「ええ、おいしいです」

と、静江は心から言った。

「良かった。しかし、この店は内緒だよ、絶対に。接待用などには使いたくないんだ」

「分りました」

と、静江は笑って言った。

神崎の気持《きもち》が分らなかった。——静江が刑事だと知っても、これまでの通り、秘書のように扱っている。

「やっと、顔に生気が戻って来たね」

と、神崎は言った。

「そうですか」

「もう食べないのか？」

「オードブルに、スープに、お魚、お肉、ですよ。これ以上、もう入りません」

と、静江はため息をついた。

「そうか。じゃデザートにしよう。ここのデザートが、また旨《うま》いんだ」

「デザートなら入ります。胃が別になってますから」

静江はそう言って笑った。

ワゴンに満載された、ケーキ類から、二つ選んで、静江は注文した。

「——社長」

と、静江は少し改まった口調で、「どうすればいいでしょうか、私」

「君はどうしたい？」

「私は……辞めるしかないと思います」

と、静江は目を伏せて、「残念ですけど。秘書としても、刑事としても、もう勤めるわけにいきません」

「佐山に何と話すんだね」

「課長にですか。――身分が知られたようだ、と話します。それ以上、無理をしろとは言わないでしょう」

「君の立場はまずいものになるんじゃないのか？」

「交通違反の取りしまりでもやりますわ、そうなったら」

「君に駐車違反の札を貼られたら、怖いね」

と、神崎は愉快そうに言った。

「社長――」

「いや、君の気持はよく分ってる」

神崎は肯《うなず》いて、真顔で言った。「君をあんな目にあわせたのは、こっちの仲間だ。その点は詫《わ》びる」

「いえ。危険は承知です。――殺されなかっただけでも……」

「君は本当にプロだな」

と、神崎が感心する。

「怖くて震えていました。泣きたくもなりましたわ。――ほとんど失神してしまって、何も憶《おぼ》えていません」

神崎は、しばらく静江を見つめていたが、

「このまま、仕事を続ける気はないかね」

と、言った。

静江が顔を上げて、戸惑ったように、

「刑事の仕事ですか、秘書の仕事ですか」

と、訊く。

「両方だ」

「ですが――」

「こっちも君を利用したい。君としては、別に私に義理はないんだ。辞めてもいい。もし、君にその気があるのなら、これまで通り、秘書として働かないか、ってことだ」

「刑事としては――」

「当然、両立はできない。君の上司、佐山警視を裏切ることになるね」

と、神崎は言って、自分のワイングラスに残っていたワインを飲み干した。「――もちろん、タダとは言わない。それなりの報酬は払うよ」

静江にも、神崎の気持は分った。二人の関係を、「事務的なもの」にしておきたいのだ。情でなく、金のつながりに。

「少し……考えさせていただいてよろしいですか」

と、静江は言った。

「ああ、もちろんだ。もし、こっちの申し出を受けてくれるなら、明日、いつもの通り、出社してくれ。辞めるのなら、電話一本かけてくれればいい」

デザートが来て、二人は食べ始めた。

静江はケーキのおいしさに、思わずため息をついた。甘さを抑えて、かつ淡白すぎるものにはなっていない。

「どうだ？　おいしいだろう」

神崎が、静江の心中を見すかしたように、言った。そのいかにも得意げな言い方がおかしくて、静江は笑ってしまった。

「——社長」

と、静江は言った。「明日、また秘書に戻ります」

「考えてからでいいんだよ」

「シュークリームを買う役を誰がやるんですか、私が辞めたら」

神崎は楽しげに笑った。

「——痛む？」

と、ルミは訊いた。

「いや、大丈夫」

ノラが、首を振って、「行ってくれ。ゆっくりついて行く」

「じゃ、鍵《かぎ》をあけとくわ」

ルミは、一足先に階段を上《あが》って、自分の部屋のドアを開け、ノラがやって来るのを待っていた。

ノラは、普通の足取りで、二階へ上って来ると、息をついた。

「もう大丈夫だ」

「無理しちゃいけないわ」

ルミは、「さ、入って」

と、ノラを中へ入れると、きちんとドアに鍵をかけた。

「――楽にしててね。夕ご飯の用意をするから」

ルミは台所へ行って、エプロンをつけた。

「迷惑かけたな」

ノラが、畳に足を投げ出すようにして座った。

「お返しよ、私からの」

ルミはガステーブルの火をつけた。「お鍋《なべ》にしたわ。簡単でいいから」

「何でも食べるよ」

病院の食事に閉口したらしいノラが素直に言ったので、ルミは笑ってしまった。

下ごしらえはしてあったので、三十分もすると、食卓の準備もすんだ。

「妙に思われないかい、男がいちゃ」

と、ノラは言った。

「いない方が不思議、ぐらいに思われてるもの」

「そうか」

「さあ、食べてね。——あなた、ご飯は沢山食べる方？」

「少ない方じゃない」

「うんと炊いてあるの。いくらでも食べて」

ルミは張り切っていた。誰かのために食事の用意をするのが、こんなに楽しいと思ったことはない。

「あそこに荷物があるわ」

と、ルミは、ホテルから持って来たノラのトランクを指さした。

「ああ、すまないね」

「それと、これ——」

ルミはバッグから、布にくるんだものを取り出して、ノラの前に置いた。「危いと思ったから、別にしておいたの」

ノラは、もちろん、開けてみなくても分《わか》ったはずだ。ルミを見て、

「説明はしないぜ」

と、言った。

「必要ないわ。あなたが誰でも、少しも構わないの」

ノラは、拳銃《けんじゅう》を取り出すと、弾倉を調べて、

「──忘れてくれ」

と、言った。「夕飯をごちそうになったら、出て行く」

「だめよ。今夜はここに泊って」

鍋が煮え立って、ゴトゴト音がする。

「分った。今夜だけだ」

と、ノラは肯いた。

「じゃ、食べましょ」

ルミが楽しげにご飯をよそっている間に、ノラは拳銃をトランクの中へとしまいに立った。

「──もの好きだな、君も」

と、食べながらノラが言う。

「お互いさまでしょ」

「そうかもしれない」

ノラは熱いお茶を飲んで、「──まあ、君とは偶然知り合った仲だ。連中が君のことをかぎつけることはないだろうが、用心に越したことはない」

「狙われてるのね」

「戦ってるんだ」

ノラは言った。「生きるか死ぬか。どっちかしかない。殺すか殺されるか、警察には手を出してほしくない戦いだ」

「色々事情があるんでしょうから、訊《き》かないわ。でも、何か役に立つことがあったら、言ってね」

「ありがとう」

ノラは微笑んだ。「女にも信じていい奴がいるんだと分ったよ」

ルミが頰《ほお》を赤く染めていたのは、鍋の熱さのせいだったのだろうか。


楽屋のドアを開けて、迫田はちょっと面食らった。

「何だ、来てたのか」

と、迫田はハンカチで汗を拭《ふ》くと、「どうだった今日の演奏?」

神崎は、小さなソファに座っていたが、

「悪くなかったよ」

と言って、立ち上ると——。

神崎の拳《こぶし》が、迫田の顎《あご》に真直《まっす》ぐ入った。迫田は楽屋の隅まで転《ころが》って行った。

「——おい!」

「勝手な真似をするからだ」

と、神崎は言った。「効いたか？」

「昔ほどじゃないな」

と、迫田は顎をさすりながら、起き上った。

「あの女のことか？」

「当たり前だ。誰があんなことをしろと頼んだ？」

「心配してやったんだぜ」

と、迫田は不服そうだ。

「で、結果は？」

「何もしゃべらなかったし、刑事だと分るものも持ってなかった。しかし、あれだけのことをされて、しゃべらないってのは、ただ者じゃないぜ」

「確かに彼女は刑事さ。しかし、俺たちに、病院の前でノラが待ち伏せしてると教えて来たのも、彼女だ」

「何だって？」

迫田は唖然《あぜん》として、「あの女、お前に惚《ほ》れてるのか」

「それもある」

「お前も？」

「俺は女として興味はない」

「そうか。――悪かったな」

迫田は頭をかいた。「手ぶらで帰るのも、つまらなかったからな。しかし、殺さなかった」

「それだけでも良かった。――いいか、あの女は味方につけて、利用できる」

「警官を？」

「ある男が後ろで糸を引いてるんだ」

「何のことだ？」

「俺の個人的な問題さ。ともかく、二度とあんなことはするな」

と、神崎は厳しい口調で言った。

「分った。――謝るよ」

と、迫田は肯《うなず》いて、「しかし、なかなかいい体だったぜ」

「お前も相変らずだな」

と、神崎は苦笑した。「問題はノラの行方だ。女に当《あた》るといっても、奴の女はもういないしな」

「他に身寄りとか、なかったのか」

「ないと思う。見付けない限り、次に奴が攻撃して来るまで、手が打てないことになる」

「何かいい手が？」

神崎は、ソファに戻ると、言った。

「囮《おとり》を使うんだな」

16　スキャンダル

いきなり楽屋のドアが開いた。

迫田と神崎は同時に立ち上っていた。

「――お客さんが」

マネージャーが顔を出して、二人の鋭い視線に戸惑った様子で、「失礼、知らなかったんで……」

「黙って開けるな！」

と、迫田は怒鳴った。「ノックぐらいしろ！」

「分った。悪かったよ」

すぐに謝るのも、マネージャーの仕事の内である。「どうする？　花束を持って来てる女の子がいるんだけど」

迫田は、大きく息をついて、

「待っててもらってくれ。五分ですむ」

「分った」

マネージャーがドアを閉める。

「やれやれ……」

と、神崎が寛《くつろ》いで、「こっちもピリピリしているようだ」

「当たり前だ。命がかかってるんだしな」

そう言ってから、迫田は神崎の右手が上衣《うわぎ》の下に入っているのに気付いた。「おい、何を持ってるんだ？」

「これだよ」

神崎の腕が、バネでも仕込んであるかのようにスッと伸びた。銀色の光が部屋を横切って、化粧用の鏡のわきに下げてあった小型のカレンダーが、ストンと落ちる。

神崎の投げたナイフが、カレンダーを吊《つ》った細い紐《ひも》を切ったのだ。

「いい腕だ」

と、迫田は微笑んだ。

「ずいぶん練習したもんさ」

神崎は、立ち上って、突き立ったナイフを抜いて折りたたむと、内ポケットへ落として、

「ところで、囮の話だ」

「ああ。俺がやるのか？」

「いや、お前は病院の時にやってる。ノラも、用心するだろう」

「すると――」

迫田は言いかけて、肯いた。「そうか。あいつだな」

「他にいないだろう。奴は目立つ立場の人間だ」

と、神崎は言った。

「しかし、東京にいないんだろ？　どこなんだ、今？」

「ヨーロッパにいる」

「遠すぎないか」

「調べたんだ。三日後に帰って来る」

「帰国を狙うかな、ノラの奴？」

「普通に調べても分るまい。役者のスケジュールなんてな」

「じゃあ……」

「話題をこしらえるんだ」

と、神崎は言った。「いやでも、帰国が注目の的になるように、ニュースにする」

迫田は、ちょっと笑って、

「面白そうだな。しかし、そんなこと、できるのか？」

「手はないでもない」

と、神崎は肯いた。「任せろ」

「ヨーロッパの松谷《まつたに》に、連絡が取れてるのかい？」

「いや、全然だ」

「するとしらないのか」

「囮《おとり》としては、何も知らずにいるのが一番いい」

神崎は、ちょっと息をついて、「また連絡する。──ファンは大切にしろよ」

と、ドアを開けた。

ドアの前に、列ができている。主に若い女性たちで、十五、六人もいるだろう。

みんな花束をかかえたり、サインをもらうための色紙を手にしている。音楽学校の生徒らしい、楽譜をかかえた子もいた。

誰もが、才能あるピアニストに会うというので、頰《ほお》を上気させ、そわそわしている。

歩きながら、神崎はふっと笑った。──あの中の誰も、迫田の過去を、知りはしないのである。

もちろん、想像することもできないだろう、それでいいのだ。迫田の過去は、今の彼の音楽を、いささかも傷つけるものではない。いや、むしろ、過去が迫田の音楽を作り、きたえて来たのだ、と言ってもいいだろう。

人生とは、不思議なものだ。

楽屋口から外へ出て、神崎は、風が強いので、ちょっと顔をしかめた。

これから、まだ行くべき所があったのだ。

「──待たせてごめんなさい」

と、綾子は言った。「上って」

「夜遅く、悪いな」

と、神崎は言った。

「セキュリティシステムをつけてるから、解除するのに手間がかかるの」

「しかし、それくらいの用心は必要だよ」

「座って。――何か飲む？」

「コーヒーがあればもらおう」

神崎は、ソファに腰をおろした。――なかなか大した構えである。

神崎の家と比べても、ひけを取らない。もともと、安原は家柄がいいのだろう。

綾子はゆったりした部屋着を着ていた。じきにコーヒーを淹《い》れて現われる。

「私も一杯だけ」

「旦那《だんな》が学会と聞いたんでね。悪いがやって来た」

「遠慮しないで。仲間じゃないの」

綾子は、コーヒーを少しお湯で薄めた。

「おいしくないけど、お腹《なか》の子のために、我慢してるのよ」

「幸せそうで、嬉《うれ》しいよ」

と、神崎は言った。「――さっき話した件、どう思う？」

「いい手だと思うわ」

「ノラがうまく乗って来るかな」

「どの程度のけがをしているかで、話は変って来るけど、こっちとしても打てる手は打つべきよ」

「ただ、松谷を危険にさらすことにはなる」

「仕方ないわ。こっちも危険を覚悟でやってるんですもの」

と、綾子は言ってから、「でも、あんないい役者になるとは思わなかったわね、あの子が」

「あの子って年齢《とし》じゃないだろう」

と、神崎は笑った。

「もう三十は過ぎてるわね」

「昔から、芝居がかったことの好きな奴だったよ」

と、神崎は、ゆっくりとコーヒーを飲んでから、「それで――」

と、言いかけた。

玄関のチャイムが鳴る。

「待っててね」

綾子は、立って、居間から出て行った。

神崎は、戸惑っていた。一体誰が来るというのだろう？

物音がして、綾子が戻って来た。後ろに、二十歳ぐらいの娘が立っている。

「入って。——この子、私が昔、ちょっと面倒みたことがあるのよ」

「失礼します」

きちんと頭を下げ、居間に入って来る。なかなか整った顔立ちで、化粧や髪型がちょっと素人離れしたできである。

「この子、売り出し中のタレントなの」

と、綾子が言った。「生れが複雑でね。昔、私が身許《みもと》を引き受けてたのよ。あのころね」

「本当にお世話になったんです」

「今じゃ、こんなに可愛くなっちゃって」

と、綾子は微笑んだ。

昔から、綾子は、若い子の面倒をみるのが好きだった。七、八年も前といえば、この娘は本当に子供だったはずだ。

「ねっ、力を貸してくれる？」

と、綾子はその娘に言った。「あなたのイメージには、多少マイナスになるかもしれないけど」

「そんなこと、少しも構いません」

と、娘が言った。「何でもします。おっしゃって下さい」

娘の方も、心から綾子を慕っている様子である。

「俺が頭をひねって考えなくても良かったわけだな」

と、神崎は言った。「じゃ、この娘に、その役をやらせようってわけか」

「ぴったりでしょ？　松谷が好きになって、少しも不思議のない子よ」

「誰がなっても、不思議はないよ」

と、神崎は訂正した。

「私、何をすればいいんでしょうか」

と、娘が訊《き》いた。

「松谷悟《さとる》を知ってるわね」

「はい」

「会ったことは？」

「一度だけ。同じドラマに出たことがあります」

「充分だわ」

「でも、私は、ほんの端役でしたけど」

「いいのよ。機会さえあったのなら」

と、綾子は肯《うなず》いて言った。「口はきいた？」

「確か……。松谷さんが刑事の役で、私が殺人事件のあった家のお手伝いさんでした。聞き込みに来た松谷さんと、二言三言、セリフをやりとりしました」

「それなら結構」

と、綾子は得たり、という様子で、「それがきっかけで、あなたは松谷悟と、極秘で交際するようになったのよ。分る？」

「はあ……」

娘は、目をパチクリさせて、綾子を見つめていた。


「おい、起きろ！」

揺さぶられて、松谷悟は、ウーンと唸《うな》った。

「――起きろよ！」

「何だ……。今日は昼からだろ？」

松谷悟は、ベッドの中で、モゾモゾと動いて、「それとも、もう昼なのか？」

「午前十時だ」

一緒にパリに来ている共演の男優である。同じ年齢なので、遊び仲間という感じだった。

「じゃ、もっと寝かせてくれ！」

と、松谷は毛布をかぶった。

松谷の要求は正当なものであった。何しろパリのロケはたった四日間しかなく、めちゃくちゃな強行軍だったのである。

「ファックスが来てるんだ！　見ろよ」

「――俺に？」

松谷は、毛布から顔を出した。「何の用だ？」

「見ろよ、自分で」

渡されたファックスを見て、松谷はたちまち目が覚めてしまった。あまり鮮明ではない、新聞のコピーだが、ともかく見出しだけは馬鹿でかい文字で、いやでも読みとれた。

〈松谷悟に若い恋人発覚!〉

「——隅に置けないな、おい」

と、肩を叩《たた》かれたのにも、全く気付かなかった。

「誰だ、これ?」

と、かすれた写真をじっと見る。

「とぼけるなよ。ばれちまったんだから、観念した方がいいぜ」

「冗談じゃない! こんなの、でたらめだ!」

と、松谷は腹立たしげに言った。

「そうかい? 俺は知ってるぜ、この子」

「俺は知らない。——いや……」

と、松谷は、頭をポンと叩いた。「会ったことはある。思い出した」

「寝たことも思い出したか?」

「殴るぞ!」

「——朝食の席が楽しみだ。じゃ、下でな」

「俺は知らないんだ!」

と、松谷は怒鳴ったが……。

もう一人になっていたのだった。

それにしても……。何だ、この娘は？

かすれてよく読めない記事を、何度もくり返し眺めて、どうやら、新進のタレント、朝《あさ》月《つき》レナが、松谷悟と「深い仲」であることを、認めた、ということらしいと分《わか》った。

朝月レナ、か。――確かに会ったことはあるし、顔も知っている。

しかし、もちろん、全く身に覚えはないし、それに、朝月レナが、どうしてそんなことを突然言い出したのか、見当もつかなかった。

朝月レナは、アイドルというには少し地味だったし、役者としては、キャリア不足で、今一つパッとしない子だ。しかし、一度だけ会った印象は決して悪くなく、しっかりして、礼儀正しいし、至って真面目な子だと思っていた。

孤児で、苦労して育った子だという話を、マネージャーから聞いたことも思い出した。

その朝月レナが、なぜ？

松谷は、ファックスを放り出して、ベッドから出ると、ともかく頭をすっきりさせようと、シャワーを浴びに、バスルームへ入って行った。

17 夕暮れに

ルミは、買物した袋を、左右一つずつかかえて、スーパーマーケットを出て来た。

こんな量になるのなら、ショッピングカーでも引いて来るんだったわ、と思ったが、今さら遅い。そうあれこれと買い込んだわけでもないのだが、かさばる物が多いのだ。

日曜日だった。——ルミは、いつもと違い、早目に買物をすませ、のんびりと、夕食の用意をしようと思っていた。

一人の夕食なら、大して熱も入らないのだが、今は違う。——二人なのだ。

ルミは、食事の用意をするのが、楽しくてたまらなかった。

誰かが、自分の名を呼んだような気がして、ルミは足を止めた。かかえた荷物のせいで、見回すのも面倒だったが……。

「ルミ」

目の前に、夫が——いや、かつての夫が立った。

「——まあ」

と、ルミは言った。「びっくりしたわ」

「重そうだな」

と、河合《かわい》は言った。「持とうか」

「大丈夫よ。見た目ほど、重くないの」

と、ルミは言った。「あなた……」

「話があるんだ」

と、河合は言って、ちょっと先の喫茶店へ目をやると、「あそこで、話さないか」

ルミは少しためらってから、肯いた。

――日曜日の喫茶店は、若者たちで、こみ合っていた。

「やれやれ」

河合は、何とか席を見付けて落ちつくと、「あの、タバコ喫《す》ってるのは、高校生だろう？」

「そうね」

「信じられないな、全く！」

河合は首を振って、嘆いた。

「――私に何の用だったの？」

ルミは訊いた。いささか出がらしの紅茶は一口飲んで、やめた。

「いや……元気にしてるか、気になってね」

優しい笑顔だった。――日曜日だというのに、ちゃんとブレザーを着て、ネクタイまでしめている。

「ご覧の通りよ」

ルミは、ちょっと首をかしげて、「何とかやってるわ」

「仕事は？」

「小さな会社で、事務をしてるの。——あの子、元気？」

子供のことは、やはり気になった。

「うん。学校も楽しいと言ってる」

「良かった。心配だったのよ」

正直な気持だった。両親の離婚で、子供がいやな思いをしていないかどうか。

河合は、しばらく黙り込んでしまった。——昔からこうなのだ。

肝心のことはなかなか言い出せなくて、後回しにしてしまうのである。

「何かあったのね」

と、ルミは言った。「話してみて」

「実はね」

河合は、ため息をつくと、「再婚話があって……。聞いてるだろ？」

「ええ。決《きま》ったの？」

「一応ね」

「おめでとう」

「それが、おめでとう、とは行かないんだ」

「どうして？」

「あの子は君でなきゃだめだ」

河合の言葉に、ルミは胸をつかれた。言葉が出ない。

「相手を会わせようとしたが、絶対にいやだと言ってね。母も、さじを投げた」

「そう……」

ルミは肯《うなず》いた。「でも……だから、どうしろって言うの？　あの子に言い聞かせるの？　新しいお母さんと仲良くやりなさい、って」

「そうじゃない」

と、河合は言った。「戻ってくれないか、ルミ」

思いもかけない言葉だった。ルミは、呆然《ぼうぜん》として、かつての夫を、見つめていた。


「――ただいま」

ルミは、玄関を上って言った。「あら、TV見てるの？」

ノラが、珍しくじっとTVに見入っている。

「何の番組？――あなたが、芸能界に興味があったなんて、知らなかったわ」

ルミは買物袋をあけて、冷蔵庫へ入れる物を分けた。

「――松谷悟ね」

と、ブラウン管へ目をやる。「私、好きだわ、この人」

ノラは、じっとTVを見つめて、口を開かない。

ルミは、ノラのそばに座った。

「——恋人がいたって、スポーツ紙で見たわ」

TVに、若い娘がうつっていた。レポーターやカメラマンに追い回され、もみくちゃになっている。

「朝月……レナとかいうのね。確かに可愛いけど、子供よね」

「黙っててくれ」

と、ノラが言った。

松谷悟が、明後日《あさって》、成田へ着く、とTVの画面に出ているレポーターは言った。

「この人がどうかしたの？」

ノラはTVをリモコンで消すと、

「君には関係ないことさ」

と、言った。「何か手伝おうか」

「いいのよ。座ってて」

ルミは、何か考えている風だった。

「何かあったのかい？」

「ちょっとね……」

ルミは、ノラを見て、「あの女の子、好きなタイプ？」

と、訊《き》いた。

「誰のことだ？」

「今、出てた子。朝月レナよ」

ノラは、ちょっと笑って、

「会ったこともないのに、分《わか》らないよ」

と、言った。

「でも、タイプってものがあるでしょ」

「そうだな。しかし……一人一人で違うさ。タイプで決められやしない」

「違うのね。——本当に」

ルミは、独り言のように呟《つぶや》くと、立ち上って、カーテンを引いた。

「まだ早いんじゃないか」

と、ノラが戸惑ったように言った。

「いいのよ」

ルミは、ノラに背中を向けて立つと、服を脱ぎ始めた。

「おい」

ノラが言った。「僕は別に——」

「いいのよ」

と、ルミはくり返した。「私が、こうしたいの。——お願い。拒まないで」

ノラは、ルミの背中がかすかに震えるのを見ていた。

「何があったんだ？」

「知らなくていいのよ。私の問題だから」

ルミは、ノラの前に、肌着だけで座ると、

「ただ、抱いてほしいの……」

と、言った。


電話が鳴って、綾子はうたた寝から覚めた。

佳子が射殺されてから、電話の音を聞いてドキッとするようになった。もちろん、いつもいつも、そんな殺伐とした知らせが来るわけではないが。

「——はい、安原です」

と答えつつ、時計へ目をやる。

もうじき夕食の時間になる。一人なので、どこかに食べに出るのも面倒だ。ありあわせで、簡単に作ろうか、と思っていた。

「もしもし」

「やあ、僕だ」

夫の声だ。しかし、少し雑音が混《ま》じっている。

「あなた。——どこから、かけてるの？」

と、綾子は訊いた。

「新幹線の中さ。あと二時間で東京へ着くよ」

と、安原は言った。

「今日帰るなんて、言わなかったじゃないの！」

「用件はすんだし、後は大して面白い発表もないんだ。君の顔が見たくなってね」

綾子は、心が浮き立って来た。

「迎えに行くわ」

「いいよ、無理しなくても」

「無理するわよ」

と、言い返す。「東京駅に何時何分？　待って、メモするから」

綾子はメモを取ると、

「二人で食事する？」

と、訊いた。

「いいね。その代《かわ》り、あんまり遅くならないように」

「ええ。店を選んでおくわ」

「じゃ、駅で」

安原は電話を切った。

「――あの人ったら！」

綾子は、受話器を戻すと、口笛など吹きながら、居間を出て行った。すっかり、眠気は吹き飛んでいる。

出かける仕度をして、綾子が玄関へ出て行くと、また電話の鳴るのが聞こえた。

「――はい、安原です」

「神崎だ」

「あら。どうしたの？」

「ノラを見たって奴がいたんだ」

少し声を抑えている。――日曜日なので、家にいるのだろう。

「どこで？」

「病院から出て来るのを見かけた、っていうんだ。確実な話じゃないが、時間的に、ノラが手当《てあて》を受けたとすれば話は合う」

「一人だったの？」

「女が一緒だった」

と、神崎は言った。「そして足を軽く引きずって、女の肩につかまってた、というんだ」

「ノラらしいわね」

「そう思うだろう？　今、その病院を当《あた》らせてる」

「見付けられる？」

「病院が分ってるんだ。その女が誰か分れば――。きっとノラはその女の所にいる」

「面白そうね。手伝いたいけど……」

「君は無理しちゃいけない」

と、神崎は言った。「また知らせるよ」

「ええ、お願い」

と、綾子は言って、「あの松谷のスキャンダル、大当りね」

「TVで見たよ。あの子は本物の方が可愛いな」

「せいぜいひいきにしてやって」

と、綾子は笑って言った。「明後日、成田へ行く?」

「そのつもりだ。――それまでに、女の線から、ノラを発見できればいいんだが」

と、神崎は言って、「突然、悪かったね」

「早くノラを見付けて」

――綾子は、表に待っていたタクシーに乗ると、

「東京駅まで」

と、言った。

大分早めに出ているから、充分に間に合うだろう。

そろそろ、窓の外が薄暗くなりつつあった。

静江は、マンションを出た。

どうも、妙な気分だった。

上司の佐山警視からの電話で、呼び出されたのである。しかし、佐山の話し方が、どこか不自然に優しかったことが、静江を不安にさせている。

いつもと違うこと。――まず用心しなくてはならないのは、それである。

ふと思い付いて、静江はタクシーを停《と》め、乗り込んだ。
四、五百メートル進んだところで、
「停めて」

と、声をかける。

「何です？」

と、車を停めて、運転手が振り向いた。

「ごめんなさい。忘れてたことがあって。――ここで降りるわ」

静江は基本料金を払い、タクシーを降りると、マンションへと戻る道を、歩いて行った……。

18　弾丸

いつしかまどろんでいたルミは、ふと目を開けた。

ノラが背広を着て、出かける仕度をしている。ルミは、ゆっくりと体を起こした。

「目を覚ましたのか」

と、ノラがネクタイをしながら、言った。「そっと出て行こうと思ったんだが」

「出かけるの？――どれくらい眠ってたのかしら、私？」

と、ルミは頭を振って、時計を見た。

部屋は薄暗かったので、針が何時を指しているのやら、よく見えない。

「眠っていたのは、せいぜい二十分さ」

と、ノラが言った。「時間がない。もう出るよ」

もちろん、ルミも引き止めるつもりはない。

「帰って来るんでしょ」

と、ルミは言った。「せっかく夕ご飯作ろうと思って、買って来たんだから」

「そうだな」

ノラは肯《うなず》いた。「帰って来る。そう時間はかからないと思うよ」

「そう。——じゃ、仕度していてもいいのね?」

「ああ。二時間だな、かかっても」

と、ノラは言った。「じゃ、出かけて来るよ」

ルミは、ノラの手が、背広の上から腰の辺りを軽く押《おさ》えるのを見ていた。無意識に確かめているのだろう。拳銃《けんじゅう》がそこにあることを。

コートをはおると、ノラは出て行った。

ルミは、服を着ると、部屋の明《あか》りを点《つ》けて、窓辺に行き、カーテンを細く開けてみた。

ノラが足早に歩いて行くのが見える。——誰かを殺しに行くのだろうか。

ルミは、ふっと息をついた。

迷いがある。——それを否定することはできなかった。

思い切ったつもりだった。あの男との、新しい暮しに身を任せてもいいと思っていた。

いつまで続くものかは分らないけれども……。

しかし、かつての夫の言葉が、ルミを動揺させたのだ。いや、正確に言えば、かつての夫が、でなく、我が子が、である。

夫は、「かつての夫」にもなるが、子供は決して「かつての」という形容詞がつくことはない。子供は、いつまでも子供である。

「戻ってくれ」

かつての夫、河合の話に、ルミは動揺していた。——河合がそんなことを口にしようとは、思ってもみないことだったのだ。

言いかえれば、それほどまでに、河合にとっても子供は可愛く、大事な存在なのだろう。河合が望んでいるのは、ルミが戻ることでなく、子供の心を取り戻すことなのだ。

冷静に考えてみれば、万一、ルミが戻ったところで、河合や、その母とうまくやって行ける可能性は、低い。一旦《いったん》割れたものが、元に戻って、果して以前のようにやっていけるものかどうか……。

しかし、子供に会える。子供と暮せるということは、ルミにとって、逆らいがたい誘惑だった。

それを何とか振り切ろうと、ノラに抱かれたのだったが……。抱かれている間は、充ち足りて、夫も、子供も忘れた。

しかし、こうして一人になると、夫と子供と、三人で囲んだ食卓を、つい思い浮かべてしまう。

それを、あのノラは決して責めないだろう。むしろ、

「良かったな」

と、喜んでくれるかもしれない。

ルミは、できることならノラが強引に、自分をどこか遠くへ連れ去ってくれないかと願っていた。——しかし、ノラにとって、ルミは足手まといな存在にすぎないのだ。

迷いを迷いとして抱いたまま、ルミは夕食の仕度にとりかかった。

河合には、明日、返事をしなくてはならない。――明日。

まだ時間はあるわ。ゆっくり考えればいいいんだから……。


自分のマンションの近くまで戻って、静江は、窓の見える位置を選んで、立った。

根拠があるわけではない。ただの直感だったが、当《あた》りそうな気がしていた。

表から見ていると分らないが、耳を澄ますと、階段を上って行く靴音が聞こえる。

静江が今、タクシーで離れて、戻って来るまでの間に、誰かがマンションへ入って行ったのだ。一人ではないようだった。

じっと窓を見ていると、チラッと明りが動いた。

錯覚かと思って、目をこらす。――確かに、小さな灯が、暗い部屋の中を、動いている。

誰かが、静江の部屋の中を調べているのである。おそらく二人か三人で。

佐山警視に呼び出され、留守にしたとたん、誰かが侵入した。知っていたのだ。

静江は、歩き出した。部屋へ戻っても仕方がない。

おそらく、あの連中は、後で気付かれないように調べて行くだろう。

もう一度タクシーを停め、乗り込む。

疑いの余地はなかった。佐山が調べさせているのだ。

自分の部下を信じていない上司。――確かに、静江は自分の身分を、神崎へ打ちあけている。

その点では、佐山の判断は正しかったのかもしれない。しかし、佐山と会った時点では、まだ静江は、自分の任務に迷いを抱いてはいなかった。

それなのに……。おそらく、静江の態度にどこか反抗的なものを感じとって、佐山は調べさせることにしたのだ。

正直なところ、神崎の誘いにのるかどうか静江にはまだ迷いがあったのだ。しかし、今となっては——。

もう、佐山の忠実な部下である必要はない、と心を定めた。絆《きずな》を切ったのは、佐山の方なのだ。

そう決めると、ずいぶん気が楽になった。

佐山に会ったら、うんと愛想良くしてやろう。すばらしい上司を持って、私は世界一幸せな刑事です、とでも？

それとも、ずっと恋していたんです。抱いて下さい、とでも言ってやるか。

佐山はどうするだろう？

一人、想像をめぐらして、静江は我知らず微笑んでいた……。

「もしもし」

電話ボックスから、迫田は電話していた。

「神崎か？」

「ああ。まだ会社なんだ」

と、神崎は言った。「どこからだ？」

「女のアパートからさ」

と、迫田は言って、「正確には、その近くだな」

「見付けたのか」

「ああ」

迫田は、目を、明りの洩《も》れる窓の方へ向けながら言った。「簡単だったよ」

「ノラの奴は？」

「アパートに住んでいる奴をつかまえて、訊《き》いてみた。男がいるのは間違いない。外へは出ないようだが、回覧板とか持って行って、見た奴もいる」

「ノラだろうな、そいつは」

「間違いないと思う。病院からたぐって来たんだ。どうする？」

「銃は持ってるのか」

「ここにある」

と、迫田は見えるわけでもないのに、空いた右手で、上衣《うわぎ》のわきの辺りを叩《たた》いて見せた。

「今から行く。待ってろ」

と、神崎は言った。

「綾子は？」

「危険だ。俺たちで片付けよう」

「分《わか》った」

「場所を教えろ」

迫田は、この場所を簡潔に手早く説明した。

「――分った。四十分ほどかかな」

「待ってる」

「ノラを見かけても、勝手に手を出すなよ。充分に用心しろ」

「分ってる」

迫田は電話を切った。

ボックスの中は明るくて、目立つ。外へ出ると、迫田は暗がりの中に身をひそめた。

女の部屋の窓はよく見える。あの中に、ノラの奴がいるのだろうか？

もし、ノラが部屋から出て来るか、あるいは表から帰って来て、目の前を通ることがあったら、迫田としては、神崎を待つ気はなかった。

そうだとも。――今夜は、三日後に弾くシューマンのコンチェルトを、オーケストラと合わせることになっていたのだ。それをキャンセルして、ここにやって来た。

獲物もなしで帰るわけにはいかないのだ……。

拳銃の重さが、頼もしかった。引金を引く感触を味わいたくて、指がうずくようだった。

綾子は、新幹線のホームへ上った。

到着まであと二、三分というところだろう。

東京駅へ大分早く着いてしまったので、やたらに混雑した喫茶店で少し時間を潰《つぶ》したのだが、注文したミルクティーが一向に出て来なくて、苛々《いらいら》させられた。

結果的には、うまい時間にこうしてホームへやって来れたのだが。

アナウンスが、さっきからやかましいくらい、あちこちに響き渡っている。電車が故障か何かで、少し遅れているらしい。

新幹線は時間通りに到着するはずだ。綾子はグリーン車の停止位置の近くに来て、待っていた。

安原は、せっかちな性格である。きっと、もう荷物を下ろして、降りる仕度をしているだろう。

――本当に不思議だわ、と綾子は思う。

もともとの綾子の好みからいうと、安原はおよそ違うタイプなのだ。いや、むしろ大嫌いなタイプだったかもしれない。

それなのに……。年齢と共に、好みも変ったのかもしれないが、それだけではないように、綾子には思えた。

列車が見えて来た。――綾子は、早くも笑顔を作って、夫の顔が見えるのを待った。

新幹線の長い車両が、一つ、また一つ、と目の前を横切って行く。疲れて、ホッと息をついているようだ。

目の前の扉に、安原の顔は見えなかった。他の団体らしい客が、一杯に立って、ふさいでしまっているのだ。

他の扉から出て来るのかしら？

少し退《さ》がって、綾子は、その団体に巻き込まれないようにした。

扉が開く。——何を急いでいるのか、ドッと降りて来た男たちは、両手に大変な量の荷物を下げていた。

次々に降りて来る客の中に、夫の姿はない。

列車を間違えたのかしら？

ちょっと不安になった時、ポンと肩を叩かれた。

「あなた。——どこから降りて来たの？」

「向うさ。何しろ、あの団体がやかましくって。あっちの指定席へ逃げてたんだ」

「そう。——荷物は？」

「これだけさ」

「おみやげは？」

「僕が一番のおみやげだろ？」

綾子は笑って、

「しょってるわね」

と、言った。「ま、いいわ。早く帰って来たから、許してあげる」

「行くか」

二人して、歩き出そうとした時、

「ちょっとごめんなさい！」

と、あの団体の一人が、荷物を体の前後に持って、二人を間を割って通った。

綾子が、それをよけて、一歩退がる。安原は、顔をしかめて、綾子の方へ手を伸《の》ばした。

パン、と短い爆発音がした。綾子はハッとした。銃声だ、と直感した。

どこに？——弾丸は当《あた》っていない。しかし、次の弾丸が飛んで来るかもしれないのだ。

「綾子……」

と、安原が言った。

声がおかしい。綾子は振り向いて、息をのんだ。

安原のワイシャツの胸に、赤いしみが広がって、その中央にえぐられたような穴があいていた。

「あなた！」

綾子は叫んで、夫を抱いた。しかし、安原は、力を失って、その場に崩れるようにうずくまった。

19　強奪

「誰か！」

と、綾子は叫んだ。「医者を！　救急車を呼んで！」

しかし、新幹線のホームは、あまりにも大勢の人々が、忙しく歩いていて、他人のことなど、気にとめる余裕はないようだった。

何人かの人が立ち止《どま》って、倒れた夫を抱き起こそうとする綾子を当惑した様子で眺めている。

「あなた！　しっかりして」

綾子は大声で呼びかけた。――急いで救急車に乗せ、病院に運んで……。

しかし、綾子は既に察していた。手遅れだ。――手遅れだ、と。

弾丸はほぼ心臓を撃ち抜いている。そして綾子が耳もとで大声で呼んでも、夫の顔には何の反応もなかった。

夫は死ぬ。いや、もう死んでいるのかもしれない。――何てことだ！

「ちょっと失礼」

と、誰かが知らせたのか、駅員が人をかき分けてやって来た。「気分でも悪いんですか?」

そして、綾子の腕の中で、血に染まってぐったりと頭を垂れている安原を見て、ギョッとした様子だった。

「あの——何があったんです?」

「撃たれたんです」

と、綾子は静かに言った。「たぶん、もう間に合わないと思いますけど、誰かお医者さんを——」

「しかし……。誰が撃ったんです?」

「逃げてしまいました。それより、早くお医者さんを」

「分りました。でも——何でまたこんな所で——」

どうして自分の持場でこんなことがあったのか、と迷惑がっているのだ。綾子は、怒りを爆発させようとした。

「失礼」

初老の紳士が声をかけて来た。「私は外科医です。奥さんですか? ご主人を寝かせて」

綾子は、少しためらってから、夫を冷たいホームのコンクリートにそっと横たえた。たぶん、もう何も感じまい。

その紳士は安原の脈をみて、ペンライトを取り出すと、目を開かせ、光を当てた。——

分《わか》っていた。分っていたのだ。

ノラがやったのだ。私の代《かわ》りに、この人を……。何も知らない、この人を。

紳士が、思いがけないほどの素早さでパッと顔を上げると、駅員に向《む》かって、厳しい声で言った。

「大至急救急車を！　まだいくらか反応がある。だめかもしれんが、やってみる価値はある」

綾子の胸がカッと熱くなった。

「先生、本当ですか？　助かりますか？」

声が上ずっている。

「助かる可能性は十パーセント」

と、その紳士は言った。「しかしゼロではありません」

まだおろおろしている駅員へ、紳士は、

「早くしろ！」

と、怒鳴った。「急いで人を連れて来い！　毛布と担架！」

「は、はい」

やっと、駅員は駆け出して行った。

「ともかく止血しよう」

紳士はコートを脱いで、その辺に放り出した。

綾子は、夫の手を固く握りしめた。――あなた、生きていて！　死ぬのは私の方なのに。お願い！　生きていて！

畜生！――畜生！

ノラは、駅の混雑する通路を抜けて、やっと外へ出た。

ここはどの出口だ？　いや、どこでも構いはしない。ともかく歩け。歩くんだ！

少しでも離れなくては。一分でも早く。

夢中で歩いて、もう人気の少なくなったオフィス街に入っていた。――少し足取りをゆるめる。

足が痛んだ。――夢中で、気付かなかったのである。

汗をかいていた。息が切れる。

必死で歩いて来たせいばかりではなかった。――とんでもないへまをやってしまったからだ。

安原が今日学会から帰ることは、宿泊先のホテルに問い合わせて分った。学会の事務局へ訊《き》けば、ホテルのルームナンバーまで教えてくれるのである。

ホテルのフロントは、帰りの列車の手配をしたので、何時の列車で帰京するかも、すぐに分った。

安原を撃つつもりはなかったのだ。もしかしたら綾子が迎えに来ているかもしれない、と思っていたのである。

電車が、故障で遅れたのが、まず計算違いだった。時間通りなら、かなり前に東京駅に着いていたはずなのだ。先にホームに上り、綾子が来るのを待つこともできた。

列車が着き、人がどっと降りて来る瞬間に撃てば、逃げるのも容易だった。

ところが、電車が遅れ、新幹線のホームへ上った時、もうホームは人で溢《あふ》れていたのだ。

諦《あきら》めて引き上げようとした時、人波が切れて、安原と綾子の姿が目に入った。

もう少し落ちついて、機会を選ぶこともできたのに。——つい、焦ってしまった。引金を引いた瞬間、安原が銃口の正面にのり出していたのである。

何てことだ！——幸い、こうして逃げて来られたが、もし近くに公安官でもいたら、おしまいだった。

安原は死んだだろうか？　もし一命をとり止めても、重傷には違いない。

綾子も、神崎も、怒り狂うだろう。それはそれで、ノラにとっては都合のいいことだ。

「ま、いい」

ノラは肩をすくめた。失敗を、いつまで気にしていても仕方あるまい。

次の機会には、絶対に逃さない。必ず仕留めてやる。——明後日《あさって》、松谷が成田へ着く。

おそらく、TVレポーターや記者たちが、盛大な「出迎え」をするだろうが、そこに一枚加わって、もっと派手な紙面を作ってやろう。血に染められた紙面を。

ノラは、ふと思い立って、電話ボックスに入り、ルミのアパートにかけた。

「――もしもし」

「やあ」

「今、どこ？」

「まだ仕事先だよ」

「帰らないの、今夜？」

「いや、今から帰る。それを知らせようと思ってね」

「じゃ、それに合わせて夕食の用意するわ。一時間ぐらい？」

「そんなもんだ」

「待ってるわ」

――待ってるわ、か。

ノラは電話ボックスを出た。タクシーを拾うにも、この辺りじゃ一向に通らない。少しにぎやかな方へ出よう。

ああいう女もいる。

もちろん、女は言うものだ。――待ってるわ、と。

苦いものがこみ上げて来る。

「待ってるわ」

綾子もそう言った。ノラにキスまでして、そう言った。

しかし、ノラを「待っていた」のは、死の罠《わな》だったのだ……。

タクシーが来る。ノラは手を上げて停めた。

風が冷たくなっていた。


静江は、戸惑いながら、ソファに腰をおろした。

ここでいいのかしら？　でも、確かに佐山の名で予約してあったようだし。

佐山はまだ来ていなかったが、静江は決して早目に着いたわけではない。ここを、少し捜してしまったのだ。

まさか佐山が自分を会員制のクラブに誘うとは思ってもいなかった。――どう見ても、相当の地位にある人間でないと入会できないタイプのクラブである。

個室は、二人にはもったいないような広さで、調度の一つ一つからして、立派なものだった。

ドアが開いて、佐山が入って来た。

「待たせたね」

「いえ、私も少し迷って……」

と、静江は立ち上りかけた。

「ああ、構わないよ。座ってくれ」

佐山も、もう一つのソファに身を沈めた。「食事はまだだろ？　ここで食べられるんだよ」

「こんな所、初めて入りました」

静江は、わざと少しオーバーに驚いて見せた。

「なかなかいい雰囲気だろ？　俺も息抜きに来るんだ」

「こんな所をご存知だったなんて」

「まあ役得だね」

と、佐山は笑った。「前に、ちょっとした事件に絡んで、このクラブのオーナーと知り合ったんだ。感謝の印に、とここの会員権をもらった」

「そうですか」

「でなきゃ、俺の月給で、こんなクラブには入会できないよ」

静江は、少し間を置いて、

「私に何かお話が……」

と、言った。

「いや、話というわけじゃない。君が神経を張りつめる仕事をしてるのに、何もしてあげたことがないからね。たまにはねぎらってあげたかったのさ」

「まあ、ご親切に」

静江は、皮肉に聞こえないように、苦労した。「成果が上らないので、クビかと思いました」

「君はちゃんと成果を上げているじゃないか」

「でも──」

「谷沢佳子の過去を洗ったよ」

あの、公園で射殺された主婦のことだ。

「何か出たんですか」

「谷沢佳子は、旧姓塚本《つかもと》といって元ＯＬだった。中規模の宝石や美術品を扱う会社に三年余り勤めていた」

「それが何か……」

「二年ほど勤めた時、この会社に強盗が入った。ちょうど現金決済日で、約二億円の現金が社内にあったんだ」

「そんなことがありましたか」

「東京じゃないからな。ニュースの扱いも小さかったんだろう」

と、佐山は言った。「犯人は五人。完全に顔を隠していたので、よく分《わか》らないが、たぶんその内の一人は女だったようだ。それと、外の車で待機していたメンバーを入れると、六人か」

「捕まらなかったんですね」

「うん。考え抜かれた計画だった。連中は、塚本佳子を人質にして逃げた」

「人質に？」

「それで、すぐには手が出せなかったようだ。塚本佳子はちょうど受付《うけつけ》にいて、目についたのだろう、と言われた」

「それで……」

「彼女は二日後に、町外れの倉庫で発見された。数人の男に暴行されたらしく、裸同然ですり傷だらけだった。――一か月の入院の後、職場に復帰している」

「そうですか」

「もちろん、彼女は大いに同情を集めた。一年たって、会社を辞め、東京へ出て来て、その後、結婚した、というわけだ」

佐山は、ゆっくりと肯《うなず》いて、「しかし、奇妙なのは、ＯＬになる以前の彼女の経歴が、曖昧《あいまい》なことなんだよ」

「というと？」

「神崎が彼女の葬儀に出た、ということは、おそらく、谷沢佳子が、仲間の一人だったということになる」

静江は、当惑した。

「つまり、初めから計画的に……」

「その通り。現金がいつ社内にあるか、それを調べておいたんだ。その上で、わざと人質として連れ出し、暴行された風に見せかけた、というわけだ」

ドアが開いて、料理をのせたワゴンを押しながら、ボーイが入って来た。

「食事をしながら続けよう」

佐山に促されて、静江はテーブルについた。

不思議だった。アパートを留守中に調べさせたりしておいて、なぜ一方ではこんな話をするのだろう？

「いい匂い」

熱いスープを前に、静江はそう言ってニッコリ笑った。

20 逃走

玄関のドアがノックされた時、ルミが時計に目をやっていれば、一応開ける前に相手を確かめたかもしれない。

しかし、ちょうど鍋《なべ》が煮立って来て、今、彼が帰って来てくれたらいいのに、と思ったところへ、ノックの音が聞こえたので、ルミはほとんど反射的に、それがノラだと思い込んだのだ。

一時間はたっていないかもしれない、という気はしたが、料理に夢中で時間を短く感じたのだろうと思った。

「お帰りなさい」

ドアを開けたとたん、ルミは太いがっしりした男の腕の中にかかえ込まれ、こめかみに冷たい銃口を押し当てられていた。一瞬の出来事だった。

「声を出すな」

と、その男は言った。

そして、素早く部屋の中を見回す。

「――いないよ、中には」

もう一人、別の男の声がした。「上ろう。あいつは出かけてるんだ」

ルミは、よろけるように部屋へ上ると、大柄な男にぐいと肩を押され、そこへ座り込んだ。――二人の男。

拳銃《けんじゅう》を持っている男は、がっしりした体つきで、しかし顔つきにはどこか柔和なものを感じさせた。

「――ガスの火が点《つ》けっ放しだな」

と、もう一人の男が言って、ハンカチを出し、それでガステーブルの火を消した。

こちらは、落ちついた印象の紳士だった。どっちも、ルミの頭の中にある「ギャング」のイメージとはほど遠い男だったが、それが却《かえ》って不気味だった。

「ノラはいつ帰る？」

と、紳士の方が訊《き》いた。「別の名を使ってるかもしれないが、あんたが病院で世話をしていた男のことだ。ここに来てるね」

口のきき方も穏やかだった。

しかし、目の前には銃口がある。ルミは、やっと恐怖を覚えて、青ざめた。

「どうなんだ？」

と、大柄な男の方が訊いた。

苛立《いらだ》った口調で、声そのものがルミを怯《おび》えさせた。

「私……一人です、ここでは」

と、ルミはやっと言った。

「一人暮し？」

「そうです」

紳士の方が、ちょっと苦笑した。

「あの鍋物の量は、とても一人で食べる分じゃないと思うがね」

ルミは目を伏せた。確かに、ノラがここにいたことを否定するのは難しい。

「あの……名前は知りません」

と、ルミはゆっくり言った。「ただ……けがして苦しそうだったので、ここへ……」

どうしよう？　ノラはこっち へ向《むか》いつつあるのだ。――ルミは時計に目をやりたい誘惑を、辛うじて抑えた。それに気付かれたら、この男たちはすぐ、間もなくノラが帰るのだと察してしまうだろう。

「それで彼は今、どこにいる？」

紳士の方が、かがみ込んで訊いた。

「出かけて来るって……。どこへ行ったのかは、聞いてません」

「――嘘をつくと、悔むことになるぞ」

銃口がルミの目の前に迫る。「一発でお前の頭なんか、粉々になるんだ」

「よせ」

と、紳士がたしなめた。「帰って来ることになってるんだな？——そうだろう？」

仕方ない。ルミは肯いた。

「それも間もなく、だな。食事の仕度の様子から見ると」

ルミは否定したかった。しかし、むだだろう。今にも、ノラは帰って来て、撃ち殺されてしまう……。

何か方法はないだろうか？　ノラに、危いと知らせる方法は。

「——待たせてもらおう。おい、靴は隠しとけ。玄関から見えない位置にいよう」

「この狭いアパートで、かい？」

電話でも入れて来てくれたら……。そしたら、知らせてやれるのに。

でも、そんなことをしたら、この男たちは、私を殺すだろう。

電話……。そう、電話が。

ルミの頭に、ある考えがひらめいた。しかし、そんなことが可能だろうか？

「この女はどうする？」

と、大柄な男が訊いた。

「その時、決めるさ」

と、紳士が穏やかに言った。「我々に協力してくれるかもしれない。そうだろう？」

と、ルミの方へ、笑みを見せる。

「ノラと、長い付合いってわけじゃないんだろう」

「――会ったばかりよ」

と、ルミは、できるだけぶっきらぼうな口調で言った。「私まで殺さないでね」

「そいつはお前の出方次第だな」

「あの人――」

と、言いかけて、口をつぐむ。

「何だね？　言いたいことがあったら、言ってくれ」

と、紳士がルミのわきに膝《ひざ》をついて言った。

「近くから電話して来るのよ。――ちょっとそこまでタバコ買いに行っても、公衆電話から。きっと今もかけて来るわ」

「なるほど。それぐらいの用心はしているかもしれないな」

「お前がうまく言えば、すむことさ」

「でも……」

と、ルミは不安げに、「自信ないわ。役者じゃないんだもん」

「それはそうだ」

と、紳士は肯《うなず》いた。「遠くへ出てるのか？」

「タクシーに乗るって、連絡して来たわ。この近くへ来て、また電話するって」

紳士は、立って行って、窓から表を見た。

「お前が、さっき電話して来たのは、あのボックスだろう？」

「ああ、そうだ」

「タクシーだと、あの手前に着くな。この窓も見える。——好都合だ。それに、この部屋からあそこへ駆けつけるには、アパートのわきを回らなきゃならん」

「ノラが、そのボックスからかけて来るっていうのか？」

「かけて来るとすれば、そうだろうな」

「じゃ、どうする」

紳士は少し迷っている様子だったが、ルミの方へやって来ると、

「一緒に来てくれ。表で、奴をお出迎えしよう」

と、言った。

ルミは、肩をすくめた。

「いいわ」

狙《ねら》いは当った。ともかく外へ出れば、通りかかる人もいて、逃げるチャンスもあるだろうという気がしたのだ。

もちろん、具体的にどうしようという考えがあったわけではない。

ルミは、こんな状況でも、比較的平静でいられる自分が不思議だった。

サンダルをはいて、

「出ていいの？」

「ああ。狭い玄関だな」

狭いことが幸いした。ドアを開け、ルミが先に通路へ出ることになったのだ。しかし、逃げるのは無理だ。

大柄な男が先に靴をはき、拳銃を上衣《うわぎ》の内側へ隠して、

「妙な真似はするな」

と、低い声で言った。

紳士の方が、靴をはく。

開けたままのドアに隠れて、その大柄な男には、通路の先、階段の下り口が見えていなかった。

ルミは息をのんだ、階段を上って、目の前に、ノラの顔が現われたのだ。

ナイフが、分厚いステーキにぐっと食い込む。

「凄《すご》い厚みですね」

と、静江は言った。「いつもランチで食べるのとは、ずいぶん違う」

「栄養をとって、頑張ってくれ」

何を考えているのか、佐山は、微笑んでいた。——本当に、私を誘惑するつもりかしら、と静江が勘ぐったほどだ。

「課長」

と、静江は言った。「よろしかったら、聞かせていただけますか」

「何のことだね？」

「なぜ、神崎にこだわっていらっしゃるのか。——これは普通の捜査とは違っています」

佐山は、少し黙って食べ続けた。そして、水をゆっくり飲むと、

「もう古い話だ」

と言った。「二十年近くも昔になる」

「二十年ですか」

「俺はまだ若かった。血気盛んな刑事で、ずいぶん荒っぽいこともしたもんだ」

佐山は、ちょっと笑った。「ある恐喝事件に絡んで、暴走族のリーダーを取り調べた。不似合いな金を持っていて、絶対に共犯とにらんだので、取り調べはかなり乱暴だった。——若手が三、四人で相当手荒くやっつけたが、奴は否定し続けた。ところが……その金は確かな出所のものだったんだ。奴は釈放された」

「その暴走族のリーダーが、神崎だったんですか？」

「そうだ」

と、佐山は肯《うなず》いた。「非番の日、俺は婚約者の娘とドライブに出た。深夜、帰り道の国道で、黒い覆面をしたオートバイのグループに取り囲まれたんだ。——車はガラスを叩《たた》き割られ、破片で俺は顔を切った。血が目に流れ込んで、急ブレーキを踏んだが……車はガードレールを突き破り、急斜面を転落した。俺は切り傷で助かったが——婚約者は、割れた窓へ頭を突っ込み、喉《のど》を切っていた」

た」

「オートバイの連中も、驚いたようで、その場を見下ろしていた。俺は、拳銃《けんじゅう》を持っていた」

佐山は、固い表情で、続けた。「ちょうど上から覗《のぞ》き込んでいた一人を、怒りに任せて撃った。——たぶん死んだだろう。連中は、その仲間を運んで逃げた」

「まあ……」

「婚約者の方も……」

「うん、即死に近かったろう。ひどい出血でね。——間違いなく、神崎の仕返しだったはずだ。しかし、証拠はなく、こっちも顔は見ていない。捜査は打ち切り。それっきりになった……」

佐山は、食事を続けた。「神崎も、その内姿を消したが……。三年前だ。俺はある財界のパーティを覗いた。そこで、『若手実業家のスター』として、居並ぶ面々から挨拶《あいさつ》されている男がいた。一目見て分《わか》った。神崎だ」

「それで私に——」

「何の罪もない婚約者が死んだんだ。奴に償わせてやらなきゃならん。あいつが成功して、大邸宅で、幸せな家庭を持っているのを、放っちゃおけない。あんな奴のことだ、どこかで必ず違法な稼ぎをやっているに違いない、と思った。そこで君に頼んだわけだ」

「分りました。何か個人的なことがあるんだろうとは思っていましたが」

「いや、これは公務だよ。そうだろう？」

佐山がワインのグラスを取り上げる。

「そうですね」

静江も、ワインをゆっくりと飲んだ。


迫田は決して油断していたわけではない。

しかし、あまりにタイミングが悪かったのだ。

女が、開いていたドアをいきなり迫田に叩きつけるように閉めたのである。もちろん完全に閉ったわけではないが、迫田はよろけた。

「逃げて！」

女が叫ぶ。ダダッと階段を駆け下りる音がした。

「畜生！」

迫田はパッとドアを開けた。女も階段を下りかけている。

「逃がすな！」

神崎が叫んだ。

迫田が階段を下りようとすると、あの女が、階段の途中で振り向いた。

「やめて！」

と、両手を広げる。

「どけ！」

迫田は女を突き飛ばした。凄《すご》い力だ。女の体は、直接階段の下のコンクリートへ叩きつけられた。

迫田は、アパートから外へ飛び出した。

どこだ？　素早く左右へ目をやる。

タクシーが動き出すところだった。ノラが乗っている！　おそらく、乗って来たタクシーが、まだ停《とま》っていたのだ。

タクシーを狙おうとした時、誰かがアパートの中で騒ぎ出した。

21　生と死と

迫田は迷った。

タクシーを撃つのは容易だ。しかし、運転手にけがをさせたら——。

一秒ほどの迷いの間に、ノラを乗せたタクシーは夜の闇《やみ》の中へと消えて行った。

神崎が急いで出て来る。

「行こう」

「タクシーに——」

「分ってる」

神崎は、迫田の腕をつかんだ。「走れ」

訊《き》き返す余裕はない。二人は駆け出した。

追って来る人間がいるわけではない。姿を見られないために、一刻も早く、この場を去るのだ。

「——もういいだろう」

と、神崎は足を緩め、息を弾ませた。

「また逃げられたぞ！　畜生め」

　と、迫田が歯ぎしりして悔しがる。

「落ちつけ」

　と、神崎は言った。「ノラの奴、今度こそどこへ行ったか分らなくなるな。——こっちの用心が必要だ」

「来るなら来てみろ！　生かしちゃ帰さねえぞ」

　迫田は地面をけった。

「車がある。——向うへ停めてあるんだ。送るよ」

　神崎は、もう興奮している様子は全くなかった。迫田は、ちょっと顔をしかめて、

「よく、そうすぐに冷めるもんだな」

「絡むなよ。ビジネスマンの世界は芸術家とは違うのさ」

　二人が神崎の車に乗りこみ、車は夜の町へと走り出した。

「——あの女、本当にノラとは会ったばかりなのかな」

　と、迫田が言った。

「そうだろう。ノラの奴は、昔から女にもてる。母性本能を刺激するタイプなんじゃないのか」

「俺は刺激されないぜ」

　迫田の言葉に、神崎はちょっと笑った。

「――あの鍋《なべ》は旨《うま》そうだった」

と、神崎は言った。「何か腹へ入れてくか?」

迫田は、ちょっと迷って、

「いや、家へ帰る」

と、言った。「たまにゃ、女房と晩飯を食うさ。――もっとも、用意してないかもしれないな」

「電話してみろ」

「ああ」

迫田が自動車電話へ手を伸《の》ばした時、それがルルル、と鳴り出した。

「――誰かな。出てくれ」

迫田が取った。

「はい。――やあ、迫田だよ」

と言って、神崎の方へ、「綾子からだ。――ああ、一緒だ。――何だって? どうしたんだ」

迫田の顔が、厳しくこわばった。

「分った。――ああ、知ってる。すぐにそっちへ行く。元気出せ」

迫田が、電話を切って、「おい、T大学病院へやってくれ」

神崎がチラッと迫田を見た。

「綾子が？」

「いや、綾子は無事だ。亭主が撃たれて、重体だ」

神崎は、車を強引にUターンさせた。

「――ノラの奴、許さねえぞ！」

迫田の声が震えていた。


何とも奇妙な気分である。

静江は、佐山の回してくれたハイヤーで、マンションまで帰って来た。

こんなことは、もちろん初めてである。

佐山の意図が何なのか、静江には分らなかった。――しかし、食事をとりながら、佐山が話してくれた、神崎との因縁の話は、おそらく本当だろう。

神崎は、殺された谷沢佳子を含めて、何人かの仲間で、大金を盗んだ。そして、おそらく、中で何かがあったのだ。

仲間割れか。――しかし、そんなに単純なものでもないような気がする。

ともかく、誰か一人が、仲間の中から「外された」。その男が、神崎たちをおびやかしているのだ。

――静江は、マンションの部屋へ上って、明りを点《つ》けた。

襲われた時の恐怖が、ふとよみがえって来て、身震いする。念のために、部屋の中をぐるっと見て回った。

どこも、調べて行ったという形跡はない。佐山の部下（ということは、静江の同僚たちでもある）がやったのなら、もちろん手がかりは残していないはずだ。

佐山は、何を狙《ねら》っているのだろう？

単に、静江のことを疑って、調べさせただけなのか……。

静江は首を振って、窓のロックを確かめると、窮屈なスーツを脱いだ。――お風呂《ふろ》に入って、ゆっくりしよう。

今夜の佐山の話を、神崎にも確かめてみたい、と思った。神崎がどう話すか、興味がある。

バスルームで、熱い湯に浸っていると、静江は幸せな気分になれた。――神崎を慕う気持が、こんな時には、初恋に胸ときめかせる少女のように、こみ上げて来る。

佐山がたとえ静江の行動に疑問を持ったとしても、神崎に恋している、とまでは思うまい。佐山にとって、「憧《あこが》れる恋」は理解できないものだ、と静江には思えた。

佐山の知っている「恋」は、殺人の動機であり、また共犯者をつなぐものだ。まともで真面目な市民は、恋なんかしない、と佐山は思っている風である。

静江の恋心になど、気付くわけがない。深く、深く、心の奥に秘めた気持《きもち》などには……。

ふと、静江は目を開いた。――ある考えが、ひらめいた。

風呂から上ると、TVを点け、音のボリュームを少し上げる。それから、静江は室内を捜し始めた。

直感ではあったが、おそらく当っているだろうという確信がある。時間をかけて、ゆっくり捜せば……。

——三十分ほどで、静江は見付けた。

居間の、それも火災探知器の中に、マイクが仕込んである。これだけかどうか。

更に、一時間以上、順序よく捜して行って、寝室では平凡な場所——ベッドの裏側にとりつけたマイクを発見した。

取り外すことはできない。外せば、気付いたと教えることになる。

佐山は、静江を通して、何か情報が得られると思っているのだろうか。

静江は居間に戻り、TVをぼんやりと眺めていた。——常にマイクが自分を監視している。

そしてそれを知っている、というのは、何とも妙な気分だった。


「——来てくれたの」

綾子は、神崎と迫田の姿を見ると、すぐにやって来た。

「ご主人は？」

と、神崎が訊く。

「緊急手術の最中なの。たまたま、この大学の外科の先生が居合せて」

「そうか。——助かりそうか」

「可能性は一割以下って言われてるわ」

綾子の話し方は、すでに落ちついている。

「どんな状況だったんだ？」

と、神崎が訊く。

「こっちへ来て」

薄暗く、照明を落とした廊下の、少し広くなったスペースに、綾子は二人を連れて行った。

東京駅に、夫を迎えに行って、突然撃たれたことを綾子は話して、

「たぶん、ノラは私を狙ったんだと思うわ。主人がちょっと身をのり出す格好になっていて……」

「運が悪かったな」

と迫田は、ため息をついた。「その上、奴を逃がしちまうし」

「ノラを？　見付けたの？」

今度は神崎が説明する番だった。綾子は肯《うなず》いて、

「時間的にも合うわね。——東京駅から、ノラはそこへ戻ったんだわ」

「へまをしてすまん。やっぱり、鈍くなってるんだな」

と、神崎は苦々しげに言った。

「あの人さえ助かってくれたら……。あんまり可哀そうだわ」

「そうだな、きっと助かる。そんな気がするぜ」

と迫田が綾子の手に、自分の厚ぼったい手を重ねた。

「ありがとう」

「綾子。警察は？」

「来たわ。私、あのホームで、ヤクザが何人か固まってるのを見た、って話したの。間違って撃たれたんだと思うって。——刑事も納得してた。ただの医者を、殺す人間なんていないでしょ」

「なるほど」

こんな時に、ちゃんと合理的な説明を考えている綾子に、神崎は感心した。

「私は悲劇のヒロインよ。暴力団の抗争で、流れ弾が夫に当《あた》った、なんて」

と、綾子は寂しげに笑って、「もし夫が助かっても……謝るわけにもいかない」

神崎は、肯いて、少し考えてから、

「ノラも、安心しちゃいられないはずだ。俺たちがあそこまで迫ったことで、今はともかくホッとしているだけだろうが、落ちつけば、手早く決着をつけたがるだろう」

「松谷が帰国する時、来ると思うか？」

と、迫田が言った。「罠《わな》だと気付いてるんじゃないかな」

「だとしても、きっと来る」

と、神崎は、言った。「あれは、そういう奴だ」

「私も行くわ」

と、綾子が言った。「一発、撃ち込んでやりたい」

「おい」

と、迫田が顔を上げた。

廊下へ、手術着姿の医師が出て来た。綾子は弾《はじ》かれたように立ち上り、医師の方へと駆けて行った。

神崎と迫田は、動かずに顔を見合わせた。

「――迫田、お前、今夜、綾子についていてやれるか」

「ああ、いいとも」

「まさか、とは思うが、ノラが病院を突き止めて来ないとも限らん」

「任せろ」

と、迫田はしっかりと肯いた。

医師と話していた綾子が、両手で顔を覆った。医師が行ってしまうと、神崎たちは、綾子の方へ歩み寄った。

訊《き》くのも、はばかられた。綾子が、自分から話すだろう。

綾子は、息をついて、二人を見た。顔が涙で濡《ぬ》れている。

「今夜、持ちこたえれば、助かるって！」

目が輝いて、同時に涙が新しく溢《あふ》れ出て来た。神崎は、綾子の肩を抱いて、

「良かったな」

と言った。「良かった」


「――そうです。アパートの階段から転《ころが》り落ちて……。調べてもらえますか」

ノラは、電話ボックスの中で、もう三十分近くも立ち尽くしていた。

ルミがどうなったか、心配だったのだ。アパートの近くまで戻って、ルミが階段から落ち、救急車で運ばれたことを知った。

それから、近くの救急病院へと、電話をかけ続けているのである。

「――どうも。――そう、荒木ルミです。――え？」

ノラの顔から、血の気がひいた。「――そうですか。――どうも」

死んだ。

ルミは、死んだ。階段から激しい勢いで落ちて、首の骨が折れていたらしい。

ノラは、ボックスから出て、歩き出した。

夜の道は冷たく、無人で、どこまでも終らないようだった。

――ルミ。可哀そうに。

俺と係り合わなければ、こんなことにはならなかったのだ。

ノラは、初めて会った時の、死のうと思い詰めていたルミの顔、そして、またやり直そ

うとしていたルミの顔を、思い出していた。

活《い》き活《い》きとして、若返ったルミの顔を……。

ルミは俺を助けて死んだのだ。こんな男を。

ノラは、ルミへの罪の意識を、怒りのエネルギーへと変えようとしたが、それは必ずしもうまく行かなかった。

悲しみは悲しみで、他の感情には変えられないものなのだ……。ノラは、さらに夜の道を歩きつづけていた。

22　前　夜

夜明けが来るころ、綾子は病院の廊下の長椅子《ながいす》にかけたまま、まどろんだ。

しかし、病院の目覚めは早い。ガタガタと物の動く音がして、綾子はハッと目を覚ました。

「――起きたのか」

迫田が、向《む》かい合った椅子に座り、腕組みしている。目を閉じていたが、眠っていたわけではなく、綾子が体を起こすと、すぐにそう訊いたのである。

「あなた……ずっと起きてたの？」

「ああ」

「私のこと、自殺しないか見張っててくれたのね」

「お前が自殺するもんか」

と、迫田は笑った。「腹立ち紛れに、二、三人ぶっ殺すんじゃないかと心配でな」

綾子には分《わか》っていた。――万が一、ノラがやって来た時のことを考えて、見守ってくれていたのだ。

たぶん、神崎の指示なのだろう。——どっちにしろ、綾子は、ただ嬉《うれ》しかった。

「あの人は……」

「大丈夫だろ。お前が眠ってる間も、別に何もないようだったぜ」

「そう」

綾子は、もちろんまだ安心できない。あの先生は、もう帰ってしまっているだろう。ちゃんと礼も言わなくてはならないが……。

「やあ、疲れたでしょう」

と、声がして、綾子はびっくりして振り向いた。

あの、ゆうべの外科医である。

「先生……。こんなに早く。——お泊りだったんですか」

「気になってね。いや、大丈夫。危機は脱しましたよ」

綾子は、しばし言葉が出なかった。胸が一杯で、何と言っていいか、分らない。

「久しぶりでしたからね。あんな危機一髪の患者は。——少し若返ったような気分でしたよ」

と、微笑む。

「何とお礼を申し上げていいか……」

「いや、こっちは医者です。仕事をしただけですよ」

と、首を振ってから欠伸《あくび》をした。「失礼。——では、帰って休むことにします。ちゃんと若手のしっかりしたのに引き継いでおきますから、ご心配なく」

「はい」

と、綾子は肯《うなず》いて、「あの——会ってもいいでしょうか」

「まだ意識は戻ってませんよ」

「いいんです。顔が見たくて」

「どうぞ。夫婦喧嘩《げんか》はさけて下さいね」

と言って、医師は笑って行ってしまった。

綾子は、目を潤ませていた。

「——やっぱり人を殺す仕事より、生かす仕事の方がすてきね」

「俺への当てつけかい?」

「違うわよ」

と、綾子は笑った。「じゃ、ちょっと主人の顔を見て来る」

「ごゆっくり。見飽きるまで見てな。俺はここにいる」

綾子は、そっと病室へ入った。

静かな部屋のベッドで、安原は眠っている。多少顔色は悪いが、呼吸は穏やかだった。

「——あなた」

聞こえないだろうが、そっと耳もとで囁《ささや》いた。

「お腹《なか》の子が産まれたら、ちゃんと面倒みてもらうわよ。早く元気になってね……」

安原は、静かに呼吸し、胸がゆっくりと上下している。

綾子は、ゆっくりと夫の上に身をかがめ、唇にそっと唇を触れた。

ドアが開いた。

綾子は戸惑って、入って来た男を見上げた。

「ご用ですか？　面会謝絶ですよ」

「分ってます。安原綾子さんですね」

刑事だ、と直感した。

「はあ……」

「ご主人の具合、いかがです？」

「おかげさまで何とか」

「それは良かった。私は警視庁の佐山といいます」

「佐山さん、ですか。刑事さんには、昨日、お話ししました」

「聞いています。しかし」

と、佐山は、ゆっくりと部屋の中を歩きながら、「ご主人が撃たれたのは、偶然ですか？」

「そう思います」

「奥さん。——神崎紘一をご存知ですね」

「神崎……ですか？」

「谷沢佳子の葬儀でお会いになっているはずです」

「谷沢佳子は知っています。でも、神崎という方は……。お会いしているかもしれませんけど、記憶にはありません」

「なるほど」

佐山は、肯いた。「しかし、妙ですな。谷沢佳子が突然射殺され、そのお知り合いのあなたのご主人が撃たれたとは」

「刑事さん。何をおっしゃりたいんですか」

綾子は、落ちついていた。

佐山は、ふと笑った。人を馬鹿にしたような笑いだった。

「何かおかしいことでも？」

「いや、全く――」

と、佐山は首を振って、「世の中ってのは面白い。七年前には強盗団。今は夫を思うやさしい妻か」

「刑事さん。どうかなさってるんじゃありませんか？」

「どういたしまして」

佐山は、ニヤリと笑った。そして、急に鋭い目つきで綾子を見つめると、

「こっちはちっとも構わないんだ。お前らが勝手に殺し合いをやるのは大歓迎だ。しかし、何の罪もない人間は巻き込むな。それだけは言っとく。それからもう一つ」

佐山は、綾子にぐっと顔を近付け、「神崎だけには死んでほしくない。あいつは俺が手錠をかけてやる。――生きていても死んでいてもな。ただし、奴を殺すのは、この俺だ。神崎に言っとけ」

佐山は、それだけ言うと、病室を足早に出て行った。

綾子は、息をついた。

少し間を置いて、迫田が入って来る。

「今のは誰だ？」

「刑事よ。私たちのこと、感づいているらしいわ」

「今ごろかい？　気にするな。何もできやしない。いや……」

迫田は、ふと眉《まゆ》を寄せて、「何て名前だった？」

「佐山――とかいった」

「そうか！」

「知ってるの？」

「ああ……」

迫田は、閉ったドアの方を見て、「すっかり老けたもんだ」

と呟《つぶや》くように言った。

「――おい、どうするんだ？」

と、マネージャーの佐々木《ささき》に訊《き》かれて、

「知らないよ」

と、松谷悟は、少々うんざりという様子で答えた。「そっちが考えることだろ」

帰国の荷造りは、すんでいた。

ホテルのベッドで引っくり返っている松谷の所へ、マネージャーがやって来た、というわけだ。

「しかしな、問題を起こしたのはお前だ。騒がれても構わんと言うのなら、予定通りの便で帰国。もし、隠れたいのなら、少しずらすよ」

「俺は何もしてない、と言ってんだろ！」

と、松谷は言い返した。

「分ったよ。――しかし、決めるのは、お前だ」

松谷は少し迷っていたが、

「じゃ、予定通りでいいよ」

と、面倒くさそうに言った。

「空港で記者会見ってことになるかもしれないぜ」

「ノーコメントで通す。どうせ、知らないと言っても、信じちゃもらえないんだからな！」

「そううまく行くかな？　ま、いいや。じゃ予定通りの時間に出発だ」

「ＯＫ」

「そうだ」

佐々木は、丸めた週刊誌をポンと松谷の方へ投げた。「これ、今、日本人客からもらったんだ」

佐々木が出て行くと、松谷は息を吐き出した。悪い奴じゃないが、疲れる。

これは相性というもので、どうしようもないのだ。

それにしても……。これまで、色恋ざたで騒がれたことのない松谷としては、戸惑いばかりがふくれ上って来る。

週刊誌をパラパラとめくる。——ほんの何日かでも日本を離れると、日本語の文章が懐しく思えるのだ。

松谷の手が止った。何ページか前をめくる。——一枚の顔写真。

どこかで……。

〈白昼の恐怖！　突然射殺された主婦！〉

その顔は……。名前を見て、松谷は起き上ってしまった。

谷沢佳子だって？——佳子！　あの佳子だ！

射殺された。突然、公園で。

「——ノラの奴」

と、松谷は呟いた。

間違いない。あの佳子だ。

そして佳子を殺す動機のある人間は、松谷の知っている限り、他にはいないのである。

ノラが帰って来たのだ。

たぶん、神崎や綾子が、うまくやってくれるだろう、と松谷は思った。

しかし——。

「おい、仕度、いいのか？」

と、マネージャーが覗《のぞ》きに来る。

「とっくにすんでる」

「じゃ、出よう」

「飛行機は？」

「予定通りだよ」

「よし。——行くか」

佳子が殺されたとなると、他のメンバーも用心の必要がある。

しかし今さら、飛行機をかえる、ってわけにはいかない。

報道陣が大勢来ているのだ、きっと混乱するだろう。

その方がいいのか、それともこっそりと便をずらし、ノラに肩すかしを食わせるか、だ。

きっと、神崎たちも知っているだろう。すると——ノラが空港へ歓迎に出ているかもしれない……。

「――おい、行くぞ」

と、またマネージャーが顔を出した。

神崎は、社長室を出て、ビル一階のロビーへと下りて行った。

ロビーの一隅、ソファがいくつか並んでいる奥の方に、あの「じいさん」が座っていた。

「やあ」

神崎が座って、「珍しいじゃないか」

「いや、すまんな、会社にまで押しかけて来て」

と、皆川広次郎は恐縮している。

「いや、構わん。何か用事があるのかい？」

「見たよ、新聞を。可哀そうに、綾ちゃんの亭主だろう」

「そう。何とか一命はとりとめた」

と、神崎は言った。

「ひどい奴だ」

「全く。――奥さんはどうだい？」

「ああ、少しずつ良くなってるみたいだな。大丈夫さ」

皆川は、手にした紙袋から、何かを取り出した。

「これを使ってくれ」

と、布でくるんだものを渡す。

「重いね」

「新品同様だ。射程距離も長い」

神崎は、自分の手にのった重い鉄の塊――拳銃《けんじゅう》を、布の上から握りしめていた。

23　闇《やみ》の銃火

車が停って、綾子は目を覚ました。

「起こしちまったか」

と、運転していた迫田が言った。「静かに停めたつもりだったけどな」

「眠ったままじゃ困るでしょ、家の前に着いたのに」

と、綾子は微笑んだ。「起きなかったら、どうするつもりだったの?」

「外国映画によくあるじゃないか。男が軽々と女をかかえてベッドに運んで行く、って場面が」

「私は、あんまり軽くないわよ」

と、綾子は笑った。「——ありがとう、付合ってくれて」

「いちいち、礼なんか言うな」

と、迫田は言った。「仲間じゃないか」

「そうね」

綾子は、ダッシュボードの時計に目をやった。「もう七時なのね」

夜だった。

夫の容態は安定して来ていた。意識も大分戻り、綾子の顔を見て、わずかに笑みを浮かべたりしたのである。

ともかく、長い入院になる、というので、綾子は一旦《いったん》家へ帰って来ることにした。夫の仕事先への連絡もしなくてはならない。

明日、入院に必要な物を揃《そろ》えて、病院へ持って行くことにして、ともかく今日は帰って来たのである。

「ありがとう、送ってくれて」

と、ドアを開けると、綾子は言った。「あなたも忙しいんでしょ」

「なに、音楽家は『急病だから』、と言って、キャンセルしちまえばいいから」

「無責任ね」

と、綾子は笑った。「じゃ、また」

「中まで送ろうか？」

「夫以外の男は入れないの」

「冷たいじゃないか」

「そうよ。今の私は貞淑な妻。――ね、明日、成田へ行くの？」

「ああ。行くさ。お前はよせ。神崎もそう言ってる」

「ええ。やめるわ」

もちろん、綾子とて、ノラが憎い。もし、夫が死んでいたら、刺し違えても、ノラを殺してやりたいと思っただろう。

しかし、今は生きることが、綾子の一番大切なことになった。夫のそばにいてやること、そして今、育ちつつある命を、守ること……。

夫が助かる、と知った時、綾子は生れ変ったのだ。

「お前があんまり素直だと、却《かえ》って心配だな」

と、迫田が冷やかすように笑って言った。「じゃ、ゆっくり休めよ」

「気を付けてね」

と、綾子は言った。

もし明日、成田にノラが来ていたとしたら、命をかけた戦いになるのだ。もう、生きて再び顔を合わせることはないかもしれない。

迫田は、

「行けよ」

と、促した。「玄関を入るまで、見ていてやる」

「じゃあ……」

綾子は、ちょっと手を上げて、足早に自宅の玄関へと歩いて行った。鍵《かぎ》をあけ、ドアを開けてから、もう一度振り返る。

迫田は、軽く肯《うなず》いて見せ、車をスタートさせた。

綾子は、家の中に入り、きちんと鍵をかけ、チェーンもしてから、上った。

疲れは感じない。きっと、眠れば十時間でも眠ってしまうのだろうが、まだ何日でも起きていられそうな気がした。

リビングルームへ入って、明りをつける。

——ソファに、ノラが座って銃口を綾子の方へ向けていた。

迫田は、電話ボックスの前で車を停めた。神崎に電話しておきたかったのである。

ボックスに入って、神崎の自宅へかけると、すぐに、

「はい、神崎でございます」

と、夫人の声がした。

「迫田といいますが、ご主人は——」

「おります。——あなた」

すぐそばにいたらしい神崎当人が、待つほどもなく、出て来た。

「やあ、どうだ？」

迫田は、綾子の夫の容態が一応安定したこと、それから綾子を自宅へ送って来たことを伝えた。

「そうか、良かったな」

と、神崎が言った。

「それから、病室に佐山って奴が来た」

少し、神崎は黙っていた。

「――あの時の男だろ?」

と、迫田は言った。「俺は昔、チラッと見かけただけだが」

「向うは忘れてないようだ。もちろん、こっちもだが」

と、神崎は穏やかに言った。「まあいい。それで明日の出迎えだが――」

「成田の方か。綾子は素直にうちに引っ込んでるとさ」

「それがいい。何時にする?」

「便は分ったのか」

「あのプロダクションにいる人間を知ってるんだ。到着は午前十一時」

「すると――一時間前には行ってた方がいいようだな」

「そうしよう。八時に迎えに行く。それでいいか?」

「助かるよ」

と、迫田は言った。「今夜は少しエネルギーをたくわえとこう」

「それがいい。――おい、カーテンを閉めとけよ」

と、神崎が、妻に言ったらしいのが、迫田の耳に入って来た。

カーテンか……。待てよ。

「いや、すまん。どうせ向うで――」

「おい、神崎」

と、迫田は遮った。

「何だ？」

「綾子は亭主を東京駅に迎えに行ってから、ずっと家へ戻ってないな」

「そうだろうな」

「何時ごろ家を出たんだろう？」

「どうしてだ？」

「今、綾子を家の前で降ろして来たんだが……。カーテンが閉めてあった」

「中まで送らなかったのか？」

「すぐ行ってみる！」

迫田は電話を叩《たた》きつけるように切ると、ボックスを飛び出し、車へ飛び込んだ。タイヤがきしみ、歩道へのり上げながら、強引にUターンすると、思い切りアクセルを踏んだ。


「座れよ」

と、ノラは言った。

綾子は、言われるままに、ソファに腰をおろした。

銃口は、真直ぐに綾子の心臓を狙《ねら》っていて、もし、少しでも妙な動きを見せれば、間違いなく灼熱《しゃくねつ》した金属が綾子の胸を射抜くだろう。

「――久しぶりだ」

と、ノラは言った。「すっかり所帯じみて来たな」

「七年たったのよ」

「ああ。――俺にとっちゃ、七十年もたったようだよ」

ノラは、淡々とした口調で言った。「旦那《だんな》はどうだ」

「重傷だけど、何とか命は」

「そうか。旦那を撃つつもりはなかった」

「でしょうね」

怒りをじっと押し殺して、綾子は肯《うなず》いた。

「俺の世話をしてくれてた女は死んだよ。神崎と迫田にやられてな」

綾子は、何も言わなかった。どうすることもできない。奇跡が起るのを待つしかなかった。

「――お互い、恨みっこなしだぜ。戦争だ。流れ弾に当る運の悪い奴はいる」

「ノラ」

と、綾子は言った。「私を殺したいのは、分ってる。七年前にあんたを裏切ったことも、今さら否定しないわ。ただ――私は今妊娠してるの」

ノラが、ちょっと眉《まゆ》を上げた。

「お前が母親か！　世の中も変ったもんだ」

「お腹《なか》の子には、何の関係もないわ。——許してくれとは言わない。殺さないで。この子を産むまで、生かしておいてくれないかしら」

「何か月かかる？」

ノラは首を振った。「悪い親を持ったと思って、その子も諦《あきら》めるさ」

綾子は、息をついて目を伏せた。

「——二人で逃げよう、って言ったっけな、お前は。俺の腕の中に裸で飛び込んで来て……。俺は嬉《うれ》しかったぜ。もし、あの時、神崎たちか、警官隊に蜂《はち》の巣にされても、悔まなかったろうな。お前と手をつないでさえいられりゃ……」

ノラの瞼《まぶた》が、かすかに震えた。「俺のことを、『荒っぽい野良犬みたい』と言って、『ノラ』って呼んだのはお前だった。——あの瞬間から、俺はお前に夢中だったんだ」

綾子は、身じろぎもせずに、じっとソファに座っていた。

「——犬扱いされて、悔しくねえのか、ってからかわれもしたけどな、俺は構わなかったぜ。お前のためなら、素直な飼犬になれた。なあ、綾子。お前が、二人で盗んだ金を持って逃げよう、って持ちかけて来た時、正直言って、俺は怖かった。命を落とすことになるかもしれねえな、と思ったよ。しかし、それでも良かった。お前と死ねるのなら」

かすかな自嘲《じちょう》の笑みが唇の端に浮かんだ。

「ところが、当のお前が——俺に拳銃《けんじゅう》を向けて引金を引くとはな。お前は俺を二度殺したんだぜ。お前に夢中だった俺と、お前の裏切りを知った俺とをな」

ノラは、軽く息をついた。

「神崎の指し金だったのか」

と、ノラは初めて質問した。

「——みんなの考えよ」

と、綾子は言った。「あんたを仲間に入れとくのは危いって……。あんたはまるで狂犬みたいに、何かあると抑えの利かない男だったでしょ」

「そうかな。——そうかもしれん」

「だから……。警察に、犯人たちが仲間割れで争った、と思わせることにしたのよ。後は偽の手がかりをばらまいて。でも、あんたは逃げた。——あの傷でね。信じられなかったわ」

「回復するのに、何年もかかった。その間に俺は堪えることを憶《おぼ》えたんだ。堪えて、待つことで、憎しみや怒りを何倍にも育てる方法もな。——分るかい」

「分るわ」

綾子は、奇跡なんか起らないのだ、と悟った。——これが、夫の命が助かった、「交換条件」だったのかもしれない。

「早く撃ったら？」

と、綾子は言った。「一発で仕留めてね」

「ああ。神崎や迫田の奴は、もっとじわじわ殺してやるがな」

ノラは立ち上った。「立て。――後ろを向け」

「いやよ」

と、立ち上った綾子は拒んだ。「逃げようとしたと思われたくないわ。じっとあんたを見ててやる。――遠慮しないで」

「変らないな」

と、ノラは言った。「――あばよ、綾子」

突然、庭に面したガラス戸が砕けた。ノラがハッと身を低くする。

次の瞬間、銃声と共にリビングルームの明りが砕けて、真暗になった。

綾子は床に伏せた。――闇《やみ》の中で、激しく銃火がフラッシュのように光った。

ドアからノラが飛び出して行くのが、玄関の明りでチラッと見えた。

綾子は、じっと床に伏せたまま、動かなかった。――心臓が床に叩きつけるほどの勢いで、打っている。

誰かが庭の方から近づいて来る。

「――綾子。大丈夫か」

迫田の声だ！　綾子は急いで立ち上ると、

「私は大丈夫！　ありがとう！」

と、答えた。「ノラは逃げたわ」

庭の照明のスイッチを手探りで見付ける。

明るくなると、迫田が拳銃を手に立っているのが見えた。

「間に合って良かった」

「もう覚悟してたのよ。——それは？」

叫び出しそうになった。立っている迫田の胸の辺りが、血に染っていたのだ。迫田は、顔を歪《ゆが》めた。

「あの下手くそが……。まぐれ当りだ」

迫田が、その場に膝《ひざ》をついて、突っ伏すように倒れた。

24 告別

玄関の方で物音がして、綾子はハッと我に返った。

ノラが戻って来たのか？　迫田の拳銃を手に取って、ソファのかげに身をひそめた。

「――綾子。いるのか」

と、神崎の声がした。

「ここよ」

綾子は立ち上った。――神崎が、照明を壊されて暗い居間へ入って来た。

「ノラが来たんだな」

と、神崎は言った。「迫田が――」

「助けてくれたのよ、私を」

綾子は言って、手から拳銃を落とした。そして床に両膝をつくと、ソファに上体をもたせかけて、泣き出した。

訊《き》くまでもなく、神崎には、庭の照明を浴びて倒れている迫田が、目に入った。

庭へ下りて行って、迫田の上にかがみ込むと、手首の脈をとる。――立ち上って、綾子

の方へ、

「ここの明りはどこで消すんだ？」

と、声をかけた。「誰かに見られるとまずい。早く消せ」

「ええ…」

綾子は、立ち上って、庭の明りを消した。

「居間の他の明りは？」

「スタンドをつけるわ」

隅に置かれたアンチックのスタンドのスイッチを入れると、黄色みがかった光が、ガラスの破片の飛び散った室内を照らし、反射光が床をまるで月光にきらめくさざ波のように見せた。

「ガラスを踏むなよ」

と、神崎は言った。「靴をはいて来い」

綾子は言われた通りにした。ともかく、今は神崎の言葉に従っていれば、少し気が楽だったのだ。

綾子が靴をはいて、居間へそのまま入って来る。

「車は大丈夫か」

と、神崎は言った。

「え？」

「運転できるか?」

綾子は肯《うなず》いた。——神崎は、居間へ上って来ると、

「泣くのは後だ。もう迫田は死んでる。警察の手には渡せないんだ。そうだろう。——あいつは〈幻の名ピアニスト〉になる。伝説になるんだ」

「どうするの?」

「車を、奴の棺にする」

「それがいいわね」

「迫田を運ぼう。——ビニールのシートか何か、あるか?」

「たぶん……海に行く時に使ったのが大きいわ」

「捜してくれ。そう時間はない。もし、近所の誰かが怪しんでたら、警察が来るかもしれない」

ビニールシートはすぐに見付かった。

二人で、迫田の死体を包み、紐《ひも》をかけて、神崎が肩にのせた。

「重い奴だ」

と、神崎は苦笑した。「迫田の車を回しといてくれ。キーはたぶんついてるだろう」

迫田の車のトランクに、死体を入れる。

「俺の車について来い。長いドライブになるぞ。スピードは控え目に行く。大丈夫か?」

「ええ」

綾子は肯いた。

「迫田の銃は？」

「私が持ってるわ。あなたは？」

「手に入れた。——じゃ、出かけよう」

それほど遅い時間ではないので、都内を出るまで、道はしばしば渋滞した。しかし、それも二人にとってはいいことだったかもしれない。

神崎は神崎なりに、綾子は綾子なりに、追憶の中に迫田とのいくつもの思い出を捜す時間があったからだ。

郊外に出ると、車は少なくなり、やがて奥多摩へ入ると、もうほとんど他の車と出会うことはなくなった。

舗装のない山道へ入り、さらに三十分も走って、やっと神崎の車が停った。

綾子が車を出ると、周囲はほとんど闇《やみ》に包まれている。

「どこなの？」

「真下が湖だ」

と、神崎に言われて、綾子は初めて気付いた。

深く落ち込んだ急斜面の下に黒い湖面が広がっている。

「ここに車ごと沈めれば、当分は見付からない。見付かっても、身許《みもと》は知れないだろう」

「ポケットの物とか」

「抜いた。車の中の物も、できるだけ外せ」

神崎は、腕時計を見た。「——もうすぐ十二時だ。ちょうど真夜中に送ってやろう。あいつにはふさわしい」

「あのままで……？」

「そうだな。ちゃんと座席に座らせてやるか」

二人して、迫田の死体を運び出し、前の席へのせた。——神崎が少し車を動かして、湖へ落ち込む斜面のぎりぎりの所で停める。

「——さあ、時間だ」

神崎と綾子は、神崎の車に乗り込んだ。車の前のバンパーで、静かにもう一台を押し出す。

ふっと、二人の視界から車が消えた。——少し間があって、激しい水音がした。

「窓を少し開けといたから、すぐ沈むだろう」

と、神崎が言った。

綾子は両手で顔を覆った。神崎が、彼女の肩を抱いた。

「——あいつにも分ってるさ。こうするしかない。死体が見付かれば、俺たちにも警察の手がのびる」

綾子は、顔を上げた。頰《ほお》は涙で濡《ぬ》れていたが、もう泣いてはいなかった。

「——奥さんには？」

「迫田から電話が入ったことにする。『行き詰りを感じたので、しばらく旅に出る』とね。――何年かたてば、死んだとみなされる」

「奥さんには残酷だわ」

「仕方ない。迫田の過去を暴かれないためにも、必要だ」

神崎は少し車をバックさせて、「帰るぞ」

と、言った。

――山道は、かなり用心して運転しなくてはならなかった。

広い国道へ出てから、綾子が言った。

「明日、私も行くわ」

「やめた方がいい」

「行くわ。――たとえどんなことになっても。行かなかったら、一生悔やむことになる」

神崎はチラッと綾子を見て、

「分った。止めないよ」

と、肯いた。

「ノラを仕留める時は、私にも一発撃たせてね」

「ああ」

神崎は、じっと前方を見据えて、「――どこかよそへ泊った方がいいぞ。俺はあの家へ寄って、血痕《けっこん》を始末する」

「悪いわね」

「どこかのホテルにつけよう」

――それきり二人は話さなかった。長い、沈黙のドライブになった。


「疲れたわ」

と、綾子はホテルの部屋に入ると、ソファに身を沈めた。

「いい部屋だ」

神崎は、中を見回した。「ベッドもダブルだ。どんなに寝相が悪くても、落っこちないさ」

「そうね。――朝、迎えに来て」

「分った。君は風呂《ふろ》に入って、すぐベッドに入るんだ。いいね」

「ええ……。ただ――」

「何かほしいものが？」

「お腹《なか》が空《す》いたわ」

神崎は、ちょっと笑って、

「その元気だ。――風呂へ入ってろよ。その間に、何か注文しておいてやる」

神崎は、ルームサービスのメニューを取り上げた。「お腹の子供の分も食べるんだぞ」

「言われなくたって」

と、綾子はやっと笑顔を作った。

――綾子がバスルームへ入ると、神崎は、電話でルームサービスのオーダーをしてから、

「それから、すまないが睡眠薬を持って来てくれないか。ちょっと眠れないものでね。――ああ、少量でいい」

神崎は、バスルームからお湯の音が聞こえて来るのに、しばらく聞き入っていた。

料理が来たら、水の中に睡眠薬を入れておこう。ただでさえ疲れ切っているはずだ。ぐっすり眠って、明日の午後までは起きないだろう。ドアのノブに〈ドント・ディスターブ〉の札をかけておく。

この部屋を、神崎は二日、借りているのである。――綾子が目を覚ましたころには、何もかも終っているだろう。

神崎は、ソファに寛《くつろ》いで、料理の来るのを待っていた……。


静江は、ドアをノックする音で、目を覚ました。

誰だろう？――時計に目をやると、もう三時を回っている。

玄関へ出て行くと、

「――いるかね」

と、神崎の声がした。

びっくりして、静江はドアを開けた。

「こんな時間に——」

と、言いかけた神崎の口を指でふさぐ。

それで神崎には通じた。盗聴マイクのことを話しておく暇がなかったのだ。

表に出ると、神崎は、

「これから成田へ行くんだ」

と、言った。「ついて来てくれるか」

「すぐ仕度します」

と、静江は肯いた。「でも、こんな時間に?」

「ホテルをとった。明日、たぶん結着がつくはずなんだ。どうなるにしても、君に見届けてほしい」

「社長……」

「君を襲った男は、死んだよ」

と、神崎が低い声で言った。「古い仲間だったが……。明日は、僕も死ぬかもしれない。君のことは——」

「私のことは心配しないで下さい」

と、静江は言った。「すぐ仕度して来ます。佐山警視の部下が、おいでになったのを、マイクで聞いて、怪しんでいるかもしれません」

「下の車で待ってるよ」

神崎が車に戻ると、五分としない内に、静江が駆け下りて来る。

車は、ひっそりと静まり返った町を、成田へと向って走った。

「――君の上司も、人間を信じない奴だな」

と、神崎は言った。

「あなたもでしょう」

「そうかもしれない」

神崎は息をついた。「僕の今を作り上げたもと、は、強奪した金だ。しかし、今の僕には妻も子もある。これを守るためなら、人も殺すさ」

「空港で、そんな騒ぎを？」

「騒ぎが起った時には死んでるかもしれないがね。――ともかく、一度はやらなきゃならないことだった」

車は、まるで自分の意志を持っているかのように、ひたすら走り続けている。夜をさかのぼっているかのようで、朝は二度と来ないかと、静江には思われた。

「社長お一人ですか」

「そういうことになった。まあ、一対一で、フェアではあるがね」

「お手伝いします」

「君が？」

「お忘れですか」

と、静江は微笑んだ。「私は刑事ですよ」

――神崎は成田空港に近いホテルに車を入れた。

「――もう夜が明けるね」

と、神崎は言った。「少しでも眠っておいた方がいいだろう」

二人はロビーへ入って行った。フロントで手持ちぶさたにしていた係の男が、欠伸《あくび》をかみ殺して、

「いらっしゃいませ」

と、言った。

「さっき電話を入れた佐山だが」

聞いていた静江が、口もとに笑みを浮かべた。

「――承っております。ツインルームお二つですね」

「あら――」

静江が身をのり出して、「一つでいいのよ。二人で泊るんですもの」

「お一つですか?」

神崎が静江を見た。それから肯《うなず》いて、言った。

「そうだった。一つにしてくれ。すまないがね」

25　エアポート

神崎は、ハッと目を覚ました。

眠るつもりではなかったのだ。——急いで時計へ目をやる。

「——大丈夫です」

と、声がした。「今、八時半です。充分間に合いますわ」

永峰静江が、バスルームから出て来たところだった。バスタオルを巻きつけた体から、うっすらと湯気が上っている。

「君……眠らなかったのか？」

と、神崎は起き上った。

「眠りました。二時間ほど」

と、静江は微笑んだ。「張り込みの時とか、自分で一時間とか二時間とか、時間を決めて眠るんです。訓練されてますから」

「そうか」

神崎は頭を振って、「やっぱりこっちは衰えてるな」

と、笑った。

「どうぞ、シャワーを。その間に私は仕度します」

「うん」

神崎は、ベッドを出て、「——いい思い出を作ってくれたよ」

と、静江の額に軽くキスした。

「風邪引きますよ、社長《ヽヽ》」

少し照れたように、静江が言った。

——神崎がバスルームに入って行くと、静江はていねいに体を拭《ふ》き、服を身につけた。

神崎とこうなったことは静江にとって、少しも特別に思えなかった。——おそらく、ずっと、いつかこうなりたいと望んでいたのだ。

男に抱かれたのは——あの、神崎の仲間だった男に力ずくで犯されたことは別として——もう、ずいぶん久しぶりのことだった。むしろ、自分は男を必要としない女なのかと思っていたほどだ。

しかし——このあわただしくも束《つか》の間の「夢」は、静江にとって、たぶん消えることのないほどの、充《み》ち足りた時を与えてくれたのである。

今日、神崎は死ぬかもしれない。自分も、もし、それに巻き込まれれば……。しかし、何が起ろうとも、静江はそれを受け容《い》れることができるだろう、と思った。

ただ一つの不安は——佐山が、静江の行先を突き止めて、追って来ることだった。

おそらく――おそらく、そんなことにはなるまいが……。
カーテンを開けると、まぶしい光が射し込んで来て、静江は目を細めた。

何度経験しても、この瞬間には慣れることができない。

ジャンボ機が滑走路に車輪を接触させて、その衝撃が体に伝わって来ると、松谷悟は、思わずギュッと握りしめていた肘《ひじ》かけから、手を離した。

やれやれ。――地面《ヽヽ》についてるってのが、こんなにすてきなことだなんてな！

「さて、無事に着いたな」

と、松谷は伸びをした。

「安心するにゃ早いぜ」

と、マネージャーの佐々木がからかう。「空港じゃ、芸能レポーターの歓迎パーティだ」

「後でコメントする、って逃げられないかな？」

「そんなことで満足すると思ってるのかい？　食いついたら離れない連中だ。何か言わなきゃ、とても出られないよ」

「だって、何も言うことなんてないよ」

と、松谷は両手を広げて見せた。「強行突破しちまおう。後は何とかなるだろ」

「状況次第だな」

と、佐々木は言った。「――荷物、忘れるなよ」

ゆっくりと、巨大な機体はターミナルへ近付きつつあった。

——あいつは来ているだろうか?

ノラ……。牙《きば》をむいた狼《おおかみ》は。

松谷は、鼓動が早まるのを感じていた。

「よく、こんなでかいもんを動かせるよな、全く」

と、佐々木がのんびりした感想を述べた。


到着ロビーは大変な騒ぎだった。

TV局、週刊誌、スポーツ新聞の芸能記者……。それだけではなく、その騒ぎを見て、何事かと集まって来た野次馬《やじうま》の数が、取材陣と同じか、それ以上に多かったのである。

「——定刻に着いてるんだ」

「どこかから逃げたんじゃないのか」

口々に勝手なことを言っていると、そこへ松谷悟がやって来たのである。

取材陣は、ちょっとの間、呆気《あっけ》にとられていた。もっとこそこそと隠れるように出て来るか、それでなければ、足早にかき分けて突破しようとするかと思っていたのだ。

松谷は、マネージャーを先に立てて「防壁」にするでもなく、やや固い表情に笑みを浮かべて、やって来た。サングラスもかけていない。

もちろん、次の瞬間には、アッという間に松谷は取材のカメラとマイクに囲まれて、先へ進めなくなってしまった。

「松谷さん！　朝月レナと――」

ワーッと口々に同じ質問が飛ぶ。松谷は、ちょっとお手上げという様子で、静かになるまで待っていた。

「――記事は読みました」

と、大きな声で言って、肯《うなず》いて見せる。「でも、朝月レナとは何もありません！」

また、ワーッと質問が重なり合って、単なる騒音になる。

「あなたのマンションに――」

「共演中にデートして――」

「彼女の告白を聞いて――」

と、断片的な言葉が耳に入って来るばかりである。

「ちょっと！――ちょっと待って下さいよ」

と、松谷は、大声で言った。「ともかく僕にはさっぱり分らないんです。どうして彼女が――」

松谷は言葉を切った。

取材陣の壁を分けて、近付いて来る女がいた。

別に、必死でかき分けているという様子ではないのだが、何だか誰もがごく自然にその女を通してしまうのだ。

「松谷悟さんですね」

と、その女は言った。

「そうだけど……」

「警察の者です。ご同行を」

松谷は、思いもかけない成り行きに呆気にとられた。しかし、気が付いた時には、その女に腕をとられ、ぐんぐん引張られて行く。

「ちょっと！——待ってくれ」

マネージャーの佐々木があわてて追いかけて来る。「どういうことなんだ！」

「保護する必要があるんです。あなたはマネージャー？」

「そうですが……」

「取材の人たちがついて来ないようにして下さい」

その女の言葉には、逆らい難いものがあった。女は、また松谷を促して足を早める。

「——保護するって、どういうことですか」

と、松谷は訊《き》いた。

「黙って歩いて！」

と、女は、鋭く言った。「他の人を巻き込みたくないからです」

「巻き込む、って……」

「あなたを殺そうとしてる男が、どこかにいるはずです。分ってるんでしょ？」

松谷はドキッとして女を見た。

「君は何者だ？」

「刑事ですよ、本物の」

と、女が言った。「ともかく、車まで、真直ぐ、急いで歩いて」

松谷は、この女が味方か敵か、迷った。しかし、女の方は、松谷の迷いなど構わずに引張って行く。

二人は空港のターミナルから外へ出ようとしていた。

松谷が見えない壁にぶつかったように、足を止めた。

荷物を積んだ台車を押して来た作業服の姿の男が、拳銃《けんじゅう》を構えた。松谷まで二、三メートルしか離れていない。

「ノラ！」

銃声と共に、松谷の腹に血がはじけた。

静江にも、とても止めることのできない、一瞬の出来事だった。倒れかかる松谷の体を支え切れずに、転倒する。

しかし、倒れながら、静江はバッグを投げ捨て、同時に手は小型の拳銃を握っていた。

ノラが第二弾を松谷へ撃ち込む前に、静江はたて続けに引金を引いていた。ろくに狙《ねら》いはつけていない。

しかし、一発がノラの左腕を傷つけていた。

到着ロビーは悲鳴と逃げ回る客たちでパニック状態になった。

ノラは、駆け出した。警備員が立ちはだかるのを、体当りではね飛ばし、ターミナルから飛び出した。

「ノラ」

と、呼ぶ声がして、ハッと振り向く。

神崎が立っていた。コートのポケットに手を突っ込んで。

二人は、ほんの一秒ほどの間、見つめ合っていた。

コートのポケットの中で握っていた神崎の拳銃が発射された。狙いは外さなかった。

ノラの胸を射抜いた弾丸は、後ろに停っていたリムジンバスの車体の塗装を削っていた。

ノラが仰向けに倒れる。

神崎は、素早く近付くと、ノラを見下ろした。ノラの目が見上げている。

恨みと、怒りと、そしてやれるだけのことはやったという、奇妙な安堵《あんど》感《かん》とが、その目には読みとれた。

神崎のポケットの中から、もう一発の弾丸が、ノラの喉《のど》を撃ちぬいた。血がほとばしり、ノラが細かく震えた。

静江がバッグを手に出て来る。

「松谷は?」

と、神崎が訊いた。

「重傷ですけど、助かるでしょう」

と、静江は言った。

「そうか。——急ごう」

二人は駐車場へと駆け出した。

空港は大混乱である。何が起ったのか、おそらく、誰にも正確なところは分るまい。

「——君のおかげだ」

と、少し足どりを緩めて、神崎は汗を拭《ぬぐ》った。

「取材陣に囲まれてるところでやられたら、とてもノラをやれなかったろう」

「これで終ったんですね」

「ああ。——コートがだめになったがね」

ポケットに穴のあいたコートを、神崎はちょっと苦笑して持ち上げて見せた。「ともかく、早くここを出よう」

車が置いてある場所まで来て、神崎は、キーを出した。背後で声がした。

「お前の車は、こっちだ」

静江が息をのんだ。

佐山が、並んでいる車の間から現われたのである。

神崎は、佐山の方へ向いた。

「両手は出したままにしとけ」

佐山は拳銃を構えて、銃口は神崎の胸に向いていた。

「——老《ふ》けたな」

と、神崎は言った。

「お互い様だろう」

佐山は、必要以上に近付かない。

「課長——」

と、静江が言いかけた。

「君には少しがっかりしたよ」

佐山は、冷ややかに言った。

静江は、佐山が一人で来ていることに気付いた。どこにも、刑事らしい人影はない。

神崎を逮捕するつもりなら、当然、部下を連れて来ている。

静江には分った。——神崎を殺すつもりで来ているのだ。

「佐山」

と、神崎は言った。「彼女は撃つなよ」

神崎も知っているのだ。佐山が、自分を逮捕する気などないことを。

「邪魔すれば撃つさ」

佐山は平然と言った。「この日を待っていたんだ」

「俺を恨むのは分る。しかし、元はといえば、お前が俺を見込みで引張って、ひどい目にあわせたからだぞ」

「それがどうした！　警官は、お前のような人間の屑《くず》なんかどう扱ったっていいんだ」

「お前も屑さ。いい取り合せだ」

と、神崎は唇を歪《ゆが》めて笑った。「早く撃ったらどうだ？　怖いのか」

静江には、神崎が佐山を怒らせようとしているのだと分った。

26　孤独の詩

佐山は、いつでも引金を引ける。

神崎のコートのポケットには拳銃が入っているのだ。今、神崎を射殺したところで、「正当防衛」で通るだろう。

「課長」

と、静江は前へ出た。

「近付くな！」

佐山が鋭く言った。「俺の邪魔をしたら――」

「人が来ますよ。無抵抗の人間を射殺するつもりですか」

「永峰君、どきたまえ」

と、神崎が言った。「君まで死ぬことはない」

「死にたいと言うのなら止めないがね」

と、佐山は言った。「君はどうせ、神崎の殺人の共犯で逮捕されることになる」

「そんなこと構いません。私はこの人を愛してるんです！」

静江は叫ぶように言った。「殺すなら一緒に殺して！」

静江が突然、神崎へ駆け寄ると、力一杯抱きついた。神崎が一瞬よろけるほどの勢いだった。

「望み通りにしてやろうか」

佐山が顔を紅潮させた。「一発で二人の胸を撃ち抜くぐらい、簡単だぞ」

静江は、神崎に抱きつき、佐山に背中を向けていた。神崎の背に回した左手のバッグから、拳銃を抜き出して握っていた。

「君の気持は嬉《うれ》しいが、死んじゃいけない」

と、神崎は、静江の肩を軽く叩《たた》いた。「離れてるんだ。さあ」

「社長……」

静江はスッと身を引くと同時に、佐山の方へ振り向き、拳銃の引金を引いた。

弾丸は、佐山の左腕をかすめた。不意をつかれて、佐山が一瞬よろける。

静江は、佐山へ向って、突っ込んで行った。――神崎が動く間もなかった。

大きな銃声と、小さな銃声が、０・何秒かのずれで重なった。静江が腹に佐山の銃弾を受けて、前のめりに倒れながら、佐山にぶつかって行く。同時に、佐山の胸に銃口を押し当てて引金を引いたのだった。

アッという間の出来事だ。佐山はカッと目をむいた。

「どけ！　畜生！――どくんだ！」

静江は佐山にしがみつき、離れなかった。

「お前は──警官だぞ」

佐山の声がかすれた。

佐山が膝《ひざ》をついて、倒れると、静江もそれにかぶさるように倒れた。

「──何てことだ！」

神崎は、震える声で叫んだ。「永峰君！」

駆け寄って、静江の体を抱き起こす。

静江は低く呻《うめ》いた。佐山は、もう息が絶えている。

「君は……俺なんかのために……」

「いいんです」

静江はかすかに首を振った。銃弾は、もはや手の施しようのない傷を、負わせていた。

「秘書の──仕事です」

と、静江は言って、微笑んだ。

神崎は、細かく震える静江の体を抱きしめた。──ほんの数秒の抵抗の後、静江の肉体は死の手に委《ゆだ》ねられた。

神崎は立ち上った。

ターミナルでの騒ぎが聞こえて来る。パトカーが駆けつけて来るのに、数分とはかかるまい。

急いで車へ戻り、コートを脱いで座席の足下へ押し込むと、乗り込んでエンジンをかける。バックさせ、ハンドルを切ると、隣の車を引っかけて、テールランプを壊してしまった。

落ちつけ。――落ちつけ。

神崎は、ことさらに抑えた速度で、駐車場を出ると、車の流れに入った。

パトカーが何台も連なって来るのとすれ違う。――神崎は汗をかいていた。

汗か？　それとも涙か？

ほとんど無意識の内に、三十分近くも車を走らせ、一旦《いったん》車を端へ寄せて、停める。

早く遠ざかった方がいいことは分っていたが、自分の中に激しく渦巻くものを、鎮めなくてはならなかった。

――何てことだ。

これは俺の個人的な闘いだった。個人と個人の憎しみ、悪と悪との闘いだった。

それはもちろん他人に誇れるものではなかったが、しかし、勝者も敗者も、自分の手で闘い、結着をつけるのだと――そこに「悪」なりのプライドがあった。

だが……俺は今、何をしていたのか？

とっさのことだったとはいえ、あの女が佐山に死を覚悟で向って行くのを、突っ立って眺めていたのだ。

何ともできなかった。――本当にそうか？　しなかっただけではないのか。

無意識の内に、この女に任せて、自分は生き残ろうと思いはしなかったか……。

悪には悪のモラルがある。――俺は、あの女を裏切ったのだ。たとえ当人が満足していたとしても、それは何の慰めにもならない……。

神崎は、急に自分が年齢《とし》をとり、疲れたような気がしていた。

車を動かす。――必死で、運転に注意を集中しなくてはならなかった。

少なくとも、空港が――永峰静江の「死」が後ろに遠ざかっていくことが、救いだった……。

綾子を泊めたホテルに車をつけると、神崎はロビーへ入ってエレベーターに乗った。上衣《うわぎ》に少し血がついていたが、ほとんど目立たない。まず気付かれないだろうと思った。綾子も、もう目が覚めているだろう。置いて行かれて、怒っているかもしれない。まさか成田へ向いはしなかっただろうが。

廊下を歩いて行って、神崎は足を止めた。

ドアが開いている。――綾子の泊っていた部屋のドアだ。

チェックアウトしてしまったのか？

いぶかりながら、神崎は、ドアから中を覗《のぞ》き込んで、ギクリとした。目の前に立っていた男も、びっくりしたようだ。

「何です？」

ホテルのアシスタントマネージャーという名札をつけたその中年の男は、ひどく不機嫌な顔で、言った。「この部屋にご用？」

本能的に、神崎は警戒していた。

「いや、ちょっと人に会いに来て、通りかかっただけです」

と、さりげなく言って、部屋の中を覗き込むと――。

「何です、これは？」

青ざめたとしても、不思議はない。ダブルベッドのシーツ、下のカーペット、ねじれたように床に落ちているバスタオル……。どれもが、血で染っている。おびただしい量の血だ。

「女のお客様がね――」

と、そのアシスタントマネージャーが言った。

「妊娠中だったのが、ひどく出血したようで……。切迫流産っていうんですか。フロントが駆けつけたんだが、もうこの有様でね」

「じゃあ……病院に？」

「救急車が来て、ちょうどお泊りだったお医者様にも来ていただいたんですがね。――出血がひどくて、もう手遅れで」

「手遅れ……。じゃ――亡くなったんですか」

自分の声が、どこか遠くから聞こえて来る。遥《はる》かかなたから……。

「ええ、一人で泊るなんて、どういうことなのか……。こっちも頭が痛いです。この部屋も、カーペットから全部取りかえなきゃ使えませんしね」

「そうですね」

と、神崎は言った。「気の毒でしたね」

神崎は歩き出した。――エレベーターがどっちだったか、忘れてしまっていた。

綾子……。

お前の体のことを知っていながら、ゆうべ、俺はお前に車を運転させて、あの山道を走らせた。疲れ切って、ショックを受けていたお前を……。

そして睡眠薬を――。それをお前はのんだだろうか？　もし、のんでいなければ、何か事態は違っていたのか？

――自分でも、どこをどう歩いたのか分らなかった。

ともかく気が付くと、ロビーに出ていたのだ。

ロビーは人で溢《あふ》れるようだった。元気で、活力の漲《みなぎ》る人々で、一杯だった。

どうしてだ？　みんな死んでしまったというのに……。何がおかしいんだ？　何を笑ってるんだ！

「あの――」

と、声がしても、神崎は自分が声をかけられたのだとは思わなかった。

「すみませんけど」

「え？」

振り向くと、恥ずかしげに頰《ほお》を赤くした女性が立っていた。

「図々《ずうずう》しいお願いですみませんけど、このトランクを、車まで運んでいただけませんか？　ボーイさんが忙しくて見付からないんです。自分で運びたいんですけど……」

その女性のお腹《なか》は、目立って大きくなっていた。

「無理に持つと、腰を痛めそうで……」

「いいですとも」

神崎は、トランクを持ち上げた。「車は？」

「タクシーを呼んであるんです。主人が羽田で待っているので」

「いらっしゃい」

神崎は、トランクを手に、ホテルの玄関を出た。団体のバスが着いたところで、ベルボーイは駆け回っている。

「――あのタクシーらしいな」

〈予約〉の札を出したタクシーに手を振ると、すぐにやって来た。

「――ありがとうございました」

と、その女性が頭を下げる。

トランクを後ろに入れると、神崎は、

「気を付けていらっしゃい」

と、言った。「――もうじきですか」

その女性は、はにかみながら、

「あとひと月くらいなんです」

「それは楽しみだ」

神崎は微笑んだ。「大事にするんですよ」

「はい」

――タクシーは走り去って行った。

見送る神崎の視界が曇った。涙が瞳《ひとみ》を熱く濡《ぬ》らしていたのだ。


「あなた！――どうしたの？」

玄関へ入るなり、妻の美雪が飛び出して来た。

「どうもしないさ」

神崎は疲れ切った足で、ともかく玄関から上った。

「会社の人が心配して、何度も電話を――」

会社か……。そんなものが何だ？

俺は、仲間を失った。本当の俺を知っていた奴らを、失ったのだ。

「一人にしてくれ」

神崎は、妻に背を向けて、階段を上って行く。美雪は、

「会社へ電話してあげてね」

と、声をかけた。

「うるさい!」

神崎は怒鳴った。「黙ってろ!」

美雪が青ざめた。——夫に怒鳴られたことなど、一度もなかったのだ。

神崎は、階段を駆け上ろうとして……足を止めた。

「美雪……」

振り向いて、階段を下りて来ると、「すまん」

と、言った。

美雪は目に涙をためて、唇をかんでいた。

神崎は、美雪を抱いた。いや、抱きながら抱かれていたのだ。

すがりつくように、美雪を抱きしめていたのである。

「あなた……」

美雪が、囁《ささや》くように言った。「辛《つら》いことがあったのね」

「誰にだってある。——生きてる限りは、誰だって、辛いことがあるんだ」

だが——迫田、綾子、お前たちはもう、辛い思いをすることもできない。それが生きている証《あかし》なのに。

俺には妻と子が——家庭がある。生きていかなくてはならないのだ。

「もう大丈夫だ」

神崎は肯《うなず》いて、言った。「大丈夫だ」

静かに、美雪の顔を両手で挟んで、キスする。

「——何してるの？」

神崎がびっくりして目をやると、娘の浩子が、キョトンとした顔で、両親を見上げていた。

「いや——何でもないんだ」

父親は、赤面した。

解説

倉本由布

私が〃赤川次郎〃の名前を初めて知ったのは、確か、中学二年の時——だから、十年ほど前のことである。『セーラー服と機関銃』が薬師丸ひろ子の主演で映画化された頃だ。ミーハー盛りの中学生、その中でも特にアイドル大好きの私としては、ひろ子ちゃん主演の映画の原作本は、なんとしても押さえておかなくてはならない——と、友達を誘って本屋へ出かけて行ったのだった。

もちろん買って、読んでみた。これが、面白い。みるみるうちに引き込まれた。十四歳には、まだあまり馴染《なじ》みのなかった分厚い文庫本が、息つく間もないうちに最終ページを迎えていた。〃赤川次郎の世界〃に夢中になるには、充分の面白さだった。

そして、あの大ブームである。お小遣いの少ない中学生は、友達と貸し借りをしながら、大人向けのもの、学生向けのもの、あらゆる作品を読みあさった。ラストに必ず用意されている意外性が好きだった。どうなるんだろう、どうなるんだろう、と、ドキドキしながら読み進んでいくと、意外な人物が犯人として用意されていたり、意外な人物の死が待っ

ていたり……。最後のページを読み終えたあとは、ただただ、

「はぁー……」

と、ため息なのだ。そのうち〝通〟になってくると、生意気盛りの私たちは、

「赤川次郎の作品って、こうで、こうで、こうなのよね」

なんて、論じ合ったりもしたものだった。

それから二年もした頃だろうか。私は、思いもかけず、赤川さん御本人にお会いする機会を得てしまった。私が小説を書く仕事をさせていただくきっかけとなった新人賞の選考委員の中に〝赤川次郎〟の名前があったのだ。

十六歳の女子高生、しかも田舎に住む女の子だった私は、ただもうドキドキしながら、セーラー服を着て授賞式にのぞんだ。東京へ出かける前にクラスメートたちが口々にかけてきた言葉は、

「ねえ、赤川次郎も来るんでしょ？　すごいよねえ」

とか、

「ねえねえ、赤川次郎のサイン、もらってきてよ」

とか、そればかりだったような気がする。

が、結局、その時はほとんど何も話せずに終わってしまった――と思う。すっかり舞い上がってしまっていて、何をしていたのか、何を話していたのか、そのパーティでのことは、なさけない話だけれど、ほとんど覚えていないのだ。

（余談ではあるが、そのとき私が着ていたセーラー服というのが、どうも、大勢の方々の印象に強く残ってしまっているらしい。赤川さんも〝セーラー服を着ていた倉本さん〟として私を覚えてくださっていると聞いて、なんだか、気恥ずかしくなってしまった。なにしろ私にとっては、あのセーラー服は、もうタンスの中にも残っていないくらい、遠いものになってしまっているのだから。親戚《しんせき》のおじさんおばさんから子供の頃の自分の話を聞くような、なんとも、くすぐったい感じがして——嬉《うれ》しいような、恥ずかしいような、気持ちがした）

さて——。

そんな事情があるので、今回、

「ぜひ、赤川さんの作品の解説を」

というお話をいただいた時は、かなり本気でパニックしてしまった。私なんかが、いいんだろうか、本当にいいんだろうか、何を書いたらいいんだろうか——と慌てているうちに、この『悪の華』が届き、ページをめくってみたのだが。

赤川作品には、ばらばらにされたパズルのピースを、ひとつひとつ、作者の手が一枚の絵に仕上げてゆくのを見るような面白さがあると思う。時には、ゆっくりと焦《じ》らされたり、時には、息もつかせないほどのスピードで、鋭くやさしい手が、ピースをはめ込んでゆく。でも油断はならないぞ、最後の一枚という時に、思いきり、今までのものすべてをまた、ばらばらに壊されてしまったりするかもしれないから——などと身構えたりもしながら、読者はページをめくるのだ。

そして最後に絵が出来上がった時には、やっぱり、

「はぁー……」

と、ため息をついてしまった。

ページをめくりさえすれば、中学生の頃と変わらない〝夢中の時間〟が、そこにある。

私が初めて赤川作品に触れた時から数えるだけでも、もう十年以上も経つというのに、いつまでも変わらず〝夢中〟が生み出されているというのは、本当にもう、すごいことだと思う。私の拙《つたな》い言葉では、的確に表現できなくて悔しいのだけれど、ただただ、

「はぁー……」

なのである。

本書は一九九二年十一月に刊行された角川文庫を改版したものです。

なお、この作品はフィクションであり、登場する人物・団体等はすべて架空のものです。

悪《あく》の華《はな》

赤《あか》川《がわ》次《じ》郎《ろう》

平成４年 11月25日　初版発行
平成30年 ９月25日　改版初版発行
令和６年 12月15日　改版４版発行

発行者●山下直久

発行●株式会社KADOKAWA
〒102-8177　東京都千代田区富士見2-13-3
電話　0570-002-301（ナビダイヤル）

角川文庫 21147

印刷所●株式会社KADOKAWA
製本所●株式会社KADOKAWA

表紙画●和田三造

ISBN 978-4-04-106593-8　C0193

◆◆◆

角川文庫発刊に際して

角川源義

第二次世界大戦の敗北は、軍事力の敗北であった以上に、私たちの若い文化力の敗退であった。私たちの文化が戦争に対して如何に無力であり、単なるあだ花に過ぎなかったかを、私たちは身を以て体験し痛感した。西洋近代文化の摂取にとって、明治以後八十年の歳月は決して短かすぎたとは言えない。にもかかわらず、近代文化の伝統を確立し、自由な批判と柔軟な良識に富む文化層として自らを形成することに私たちは失敗して来た。そしてこれは、各層への文化の普及滲透を任務とする出版人の責任でもあった。

一九四五年以来、私たちは再び振出しに戻り、第一歩から踏み出すことを余儀なくされた。これは大きな不幸ではあるが、反面、これまでの混沌・未熟・歪曲の中にあった我が国の文化に秩序と確たる基礎を齎らすためには絶好の機会でもある。角川書店は、このような祖国の文化的危機にあたり、微力をも顧みず再建の礎石たるべき抱負と決意とをもって出発したが、ここに創立以来の念願を果すべく角川文庫を発刊する。これまで刊行されたあらゆる全集叢書文庫類の長所と短所とを検討し、古今東西の不朽の典籍を、良心的編集のもとに、廉価に、そして書架にふさわしい美本として、多くのひとびとに提供しようとする。しかし私たちは徒らに百科全書的な知識のジレッタントを作ることを目的とせず、あくまで祖国の文化に秩序と再建への道を示し、この文庫を角川書店の栄ある事業として、今後永久に継続発展せしめ、学芸と教養との殿堂として大成せんことを期したい。多くの読書子の愛情ある忠言と支持とによって、この希望と抱負とを完遂せしめられんことを願う。

一九四九年五月三日

角川文庫ベストセラー

決闘　赤川次郎
たった一度きりだったのに……S大学三年の征哉は、後輩の久美から妊娠した、と告げられた。しかも彼女の不良っぽい兄から決闘を申し込まれたのだ。甘く、せつない書き下ろし青春ロマン。

危険な相続人(上)(下)　赤川次郎
二十一歳の女社長堂之池桐子は美人で大金持ち、でも恋する男を殺したくなる妙な病気が……トップを狙う腹黒中年男藤田が仕掛けるワナに、有能でハンサムな秘書、伊吹と迷コンビで対抗！

殺意はさりげなく　赤川次郎
高校一年生の小百合の誕生日は二月二十九日。四年に一度のこの日に必ず発生する少女殺害事件に気付いた小百合の祖父は、警察に注意するが……誰にもはりついている黒い影、恐怖ミステリ！

素直な狂気　赤川次郎
部長の愛人と関係を持ってしまった松山は、自分の家庭と地位を守るため彼女を殺し、容疑が部長にかかるように仕組んだが……意外な結末が胸をうつ表題作。日常に潜むミステリ全六編。

哀しい殺し屋の歌　赤川次郎
俺の狙った相手で逃げのびた奴は一人もいない。酔っ払い老人が昔は辣腕の殺し屋だった！　見知らぬ少年から殺人の依頼が……人生の哀切をユーモア・タッチで描く傑作サスペンス。

角川文庫ベストセラー

眠りを殺した少女　赤川次郎

正当防衛で人を殺してしまった女子高生、智子。誰にも言えずに苦しむ智子のまわりに奇怪な出来事が続発、事件は思わぬ方向へ展開していく。少女の心理を描く長編サスペンス・ミステリ。

殺人を呼んだ本 ―私は図書館―　赤川次郎

私立野々宮図書館に所蔵されている本は、どれも犯罪や事件に関係のあった本ばかり。その図書館の本を手に取ると、必ず奇妙な出来事が……ホラー・タッチの作品集。

過熟の実　赤川次郎

雑誌編集者の希代子は、元気が取り柄の28歳。いつもは周りの恋愛に振り回されてしまうことが多い彼女の前に、7つ年下の大学生・水沢が現れた。動き始めた希代子の恋の行方は……ひたむきな恋の物語。

家族カタログ　赤川次郎

万年係長のパパが、課長昇進試験を受けることになって、曾根一家は大騒ぎ。猛烈な受験勉強を経た当日。試験直前に思いがけない出来事が……「パパは受験生」他、家族の絆の意味を問い直す連作短編集。

怪盗の有給休暇　赤川次郎

ベテランの泥棒〈黒猫〉が盗みに入った屋敷で、お目当てのダイヤはすでに盗まれていた。留守番をしていた青年が疑われ、彼はそれを苦に自殺。「黒猫」は、青年の恋人だった女子大生・美鈴に疑惑を抱くが……。

角川文庫ベストセラー

屋根裏の少女　赤川次郎

一軒家に引っ越した木崎家。だが、そこには先客がいた。「ここは私の家なの」。時折見え隠れする不思議な少女は、末っ子の初だけに心を開いた。そんな折、家族の一人一人に事件が起こり……。

くちづけ（上）（下）　赤川次郎

金倉亜紀。高校二年生の彼女が初めてキスをしたときから金倉家の様子が変わっていった。祖父には若いガールフレンドができ、父には部下の女性との間に何かあるらしい。みずみずしい青春小説。

ホームタウンの事件簿　赤川次郎

いまではすっかりニュータウンに生まれ変わった団地で、情報通として知られる私、笠井京子。ある日、ひとつのウワサが耳に入って……隣人たちの隠された秘密が事件に発展してゆくさまを描いた短編集。

十字路　赤川次郎

宣伝部のチーフとして、仕事をバリバリとこなす主人公の坂巻里加。恋人のいない彼女が、見知らぬ男性と一夜を共にしたその日から、奇妙な出来事が起こり始める。偶然の出会いが主人公の運命を変える。

怪談人恋坂　赤川次郎

謎の死をとげた姉の葬式の場で、郁子が伝えられたショッキングな事実。その後も郁子のまわりでは次々と殺人が起こって……不穏な事件は血塗られた人恋坂の怨念か。生者と死者の哀しみが人恋坂にこだまする。

角川文庫ベストセラー

乳母車の狙撃手　赤川次郎

元刑事の栄枝は狙撃の名手。彼女の元に、何者からか拳銃ザウエルP230が届けられる。「娘を返して欲しければ、人を撃ち殺せ」。我が子を救うため、栄枝は立ち上がる！

黒い壁　赤川次郎

サラリーマン利根のところに、古い友人・野川卓也が訪ねてきた。野川は十年間ドイツに行っていたと言い、「ベルリンの壁のかけら」を渡して去った。その日から利根の周りで不思議な出来事が起こり始める。

作者消失　赤川次郎

榎本悦子、二十三歳。新米編集者として赤川次郎の連載小説を担当して一年半。いよいよ最終回の原稿をもらう日になった。ところが自宅には赤川次郎の姿がない！　人気キャラクターも出演するユーモアミステリ。

赤頭巾ちゃんの回り道　赤川次郎

刑事から探偵に転職した尾田の初仕事は、大富豪の娘・美音の送り迎え、名付けて〈赤頭巾サービス〉。尾田には物足りない仕事だったが、一瞬の隙に美音が誘拐されてしまい……スリリングなサスペンスミステリ。

そして、楽隊は行く　赤川次郎

木立に囲まれた小さなペンション〈三人姉妹〉。その名の通り、切り盛りするのは三人の姉妹だったが、その静けさを破ったのは殺人事件だった。平穏な日常に潜む愛と策略を描いたミステリ。

角川文庫ベストセラー

落葉同盟　赤川次郎

気鋭の女性ジャーナリスト・松橋泉が、殺人容疑で逮捕された！　泉の無実を信じる高校時代のボーイフレンドたちは、「落葉同盟」を結成して何とか泉の役に立とうとするが――？

ヴァージン・ロード（上）（下）　赤川次郎

叶典子は29歳。仕事は平凡な英文タイピスト。そんな典子に舞い込んだ見合いの話、差出人不明のラブレター、典子の周りは急にあわただしくなって――。

幽霊の径　赤川次郎

十六歳の女子高校生・令子。ある夕暮れ時の小径で、白いドレスの女性とすれ違ったことをきっかけに、死者たちに導かれるようにして、自らの出生の秘密を知っていく――。

記念写真　赤川次郎

荒んだ心を抱えた十六歳の高校生・弓子。彼女が海が見える展望台で出会った、絵に描いたような幸福家族の思いがけない〝秘密〟とは――。表題作を含む十編を収録したオリジナル短編集。

死と乙女　赤川次郎

あの人、死のうとしている――。放課後、電車の中で偶然居合わせた男の横顔から、死の決意を読み取った江梨。思い直させるべきか、それとも。ある事件を境に二つの道に分かれた少女の人生が同時進行する！

角川文庫ベストセラー

卒業式は真夜中に　赤川次郎

高校2年生の如月映美は卒業式の後、誰もいない教室で鳴っている携帯を見つける。思わず中を見てしまうと、そのメールには、学校での殺人予告が！　映美の人生は、思わぬ方向へ転がり始める。

禁じられたソナタ（上）（下）　赤川次郎

祖父の臨終の際、孫娘の有紀子は「決して弾いてはならない」という〈送別のソナタ〉と題する楽譜を託される。遺言通り楽譜をしまったはずだったが、有紀子の周りでは奇怪な事件が起こりはじめ――。

いつか他人になる日　赤川次郎

ひょんなことから、3億円を盗み、分け合うことになった男女5人。共犯関係の彼らは、しかし互いの名前さえ知らない――。それぞれの大義名分で犯罪に加担した彼らに、償いの道はあるのか。社会派ミステリ。

さすらい　赤川次郎

日本から姿を消した人気作家・三宅。彼が遠い北欧の町で亡くなったという知らせを受けた娘の志穂は、遺骨を引き取るため旅立つ。最果ての地で志穂を待ち受けていたものとは。異色のサスペンス・ロマン。

君を送る　赤川次郎

〈染谷通商〉の幹部会で、社長の提案した新規事業への参入に反対したとして、営業部長・矢沢の首が飛んだ。入社した頃から世話になっていた深雪は矢沢の送別会をやろうとするが、やはり前途多難で……。

角川文庫ベストセラー

ハムレットは行方不明　赤川次郎

大学生の綾子がたまたま撮った写真の中に、行方不明だった教授の息子が写っていた！　そこから巻き起こる新たな殺人事件……シェイクスピアの『ハムレット』の設定を現代に移して描いたユーモアミステリ。

沈める鐘の殺人　赤川次郎

名門女子学院に赴任した若い女教師はいきなり夜の池で美少女を救う。折しも、ひと気のない校内で鐘が暗く鳴り、不吉な予感が……女教師の前に出現する不可解な出来事。奇妙な雰囲気漂う青春推理長編。

真実の瞬間　赤川次郎

ハネムーンから戻った伸子は、突然、父親から20年前の殺人を告白される。果たして、父に何があったのか……社会的生命をかけて自らの真実を追求する男と家族との葛藤を描く衝撃のサスペンス。

踊る男　赤川次郎

突然踊り出すが、自分の行動を全く憶えていないという男。しかしある日、死体で発見され、一人暮らしの部屋には無数の壊れた人形が散らばっていた。表題作ほかショートショート全34編。

雨の夜、夜行列車に　赤川次郎

地方へ講演に行く元大臣と秘書。元部下と禁断の恋に落ちた、元サラリーマン。その父を追う娘。この2人を張り込み中に自分の妻の浮気に遭遇する刑事。今しも彼らは、同じ夜行列車に乗り込もうとしていた。